# あむんぜん

平山夢明



集英社文庫

# あむんぜん

## 目次

# あ む ん ぜ ん

# GangBang The Chimpanzee

汗と糞尿《ふんにょう》と泥を煮染《にし》めたような臭いに噎《む》せ返りながら神羽狆一《じんばちんいち》は〈ごぉごぉ〉と呻《うめ》いた。黒い剛毛が檻《おり》に差し込む陽《ひ》の中で埃《ほこり》のように舞っている。俯《うつぶ》せに押さえ込まれた彼は釘付《くぎづ》けにされたように一ミリたりとも身動きができなかった。コンクリートの床は冷たいが彼の肛門は焼け爛《ただ》れていた。骨盤を直接、ノコギリで削られる激痛に彼は何度も失神しかけた。が、それをすれば確実に自分は死ぬ。彼は自分の後頭部に囓《かじ》り付いては喚《わめ》くものに負けじと意識を保つため親指を噛《か》んだ。後頭部から牙が離れると次は肩に火箸が突っ込まれた。涙と脂汗に塗《まみ》れながらチンイチは檻の外へと匍匐《ほふく》前進をした。背中が殴《なぐ》りつけられ、肺が潰れた。ドアの向こう、廊下に自分の鞄《かばん》が転がっていた。開いた口から携帯が見えた。あそこまで行けば、もしかすると助かるかもしれないと彼は思った。あそこは人間の世界だ。此処《ここ》とは違う。その瞬間、髪が摑《つか》み上げられ顔を床に叩《たた》き付けられた。尻の中でゴムの玩具《おもちゃ》が掻《か》き混ぜられるような感じがして吐き気がこみ上げる。殴られる度に悲鳴にもならない音が喉を通過した。

「おい！　人がチンパンジーに犯されていますよ！　此処で！　此処で人間がチンパンジーに犯《や》られまくってているんだ！　みんなぁ！　これで良《い》いのかぁぁ！」不意にこみ上

げる怒りにチンイチは絶叫した。

〈ウッギャア！　ウッー！　ウッー！　ギンザア！　ギンザー！〉

背中の猿が勝ち誇ったかのように吠《ほ》え、射精した。

a

「はい、お弁当」マホエが差し出した弁当箱は詰めた飯の熱さでアルミの底がホカホカしていた。

「玉子、トケルと分けてくれたかい？」

「あら、一緒よ。どうして？」

「厭《いや》だなあ。今日は勝負の日なんだからさあ。頼むよ」

「あら、そうだった？」

「今日は新規のお客さんなんだぜ。午後から。僕の命運の一端が懸かっているんだから少しでも景気を付けて貰《もら》わなくっちゃ」

「大袈裟《おおげさ》ねえ」

「大袈裟じゃないよ。この氷河期不況のなか新規のお客さんを取るのがどれだけの僥倖《ぎょうこう》か君には想像もできないんだろう。君も知ってるだろ？　〈獣缶《ジュウカン》動物園〉。あそこに納品できるかもしれないんだ。大切な日なんだぜ、今日は」

「わかってますよ」そう云《い》いながらマホエはフライパンに突っ込んだ菜箸を動かす手を止めようとはしなかった。なんとなく肩でリズムを取っているようでもある。

「なんだい、君は莫迦《ばか》に嬉《うれ》しそうじゃないか」

「そうかしら」

「そうさ。亭主が生きるか死ぬかの瀬戸際だってのに君だけは小春日和のようじゃないか。なんか調子っぱずれだね」

「いいじゃありませんか。あたしだって時には何となくウキウキしますもの。第一、玉子焼きの味付けを九歳の息子がしょっぱくて良いってのに、父親が甘くしてくれなんてほうがよっぽど調子が外れてるわ」

「そうかな」

「そうですよ」

その時、パジャマ姿の息子が目を擦《こす》り擦り、トイレから出てきた。

「どうしたの?」

「パパが今度から玉子焼きは甘くしろって」

「やだよ、ぼく。女の子みたいじゃん」

「トケル、甘い玉子焼きは旨《うま》いぞ」

「やだよ、糖尿老人の便みたいだもの」

「さあさあ、遅れますよ。どうせ、昼前にはジュウカン動物園で時間をお潰しになるんでしょう」

「最近、めっきり仲良くなった猿がいてね。オオダマっていうんだ」

「あなたは昔っから猿が大好き、顔も猿顔でらっしゃるものね」

「ひどいなあ」苦笑しながらチンイチは頭を掻く。

「今度、ぼくも行きたい！」

「よし！　連れて行ってやろう！」

「やったー！」

トケルがチンイチに抱きつき、ふたりでフォークダンスのように回り出した。

「あらあら、なんですか。あなたまで子どもみたいに、おほほほほほ」

「あはははは………」チンイチはオオダマが再び、背中に囓りつくのを感じ悲鳴を上げ、我に返った。

「だれか！　だれかぁ！」

大声で叫んだ口に生臭い指が突っ込まれ、舌を抜かれそうになった。勢いよく歯を喰《く》い縛ると猿が叫ぶ。不意に辺りが暗くなり、次の瞬間、チンパンジーが痙攣《けいれん》し、どさりっと背中に覆い被《かぶ》さった。涙と脂汗と獣毛で塞がれた目では何が起きたのか判《わか》らなかったが、両腕をかかえられ、廊下へ引きずり出された。

「元気ですかあ！」顎のしゃくれた顔のデカイ男が目に飛び込んできた。手には猟銃を持っている。この人、なんで笑顔なんだ……。不思議だった。男を見たチンイチは萎《しな》びた風船のように「はい……はい」と、呟《つぶや》くことしかできなかった。

b

〈すわひりクリニック〉は、クリニックとは名ばかりの古病院でゴム革のソファには破れを補修したガムテープがいくつも貼ってあった。麻酔銃で昏倒《こんとう》したオオダマから救出されたチンイチは病院に搬送された。打撲、擦過傷《さつかしょう》は云うに及ばず、後頭部から背中に掛けての咬傷《こうしょう》が六カ所、更には肛門に中度の裂傷が発見されたチンイチには直ちに縫合手術が行われ、病室に運ばれたのは救出から実に三時間後のことだった。術後の経過は順調で五日目には歩くことができた。仕事を長々と休んでいるわけにもいかぬ彼は十日後に職場復帰を果たし、以後は搬送先の病院で紹介された会社近くにあるクリニックへの通院を続けていた。

「ううむ、頓知《とんち》じゃ。まさしく頓知に他ならぬ」山羊鬚《やぎひげ》の老医師が肛門を前に嘆息した。

今日は水曜なのだ……水曜日は助手につくのが三十代半ばの看護師だからチンイチは

避けていたのだが、明日は動物園の園長と賠償についての話し合いがあるので、今日、傷の消毒をしに来ざるを得なかった。

「夕方、雨降りました？」医者に脱脂綿を渡しながら看護師が笑った。

「あ、少しだけ。ほんの少し、パラパラと……」チンイチは目の前のガーゼを敢《あ》えて見ないふりで応えた。現在のチンイチの体勢はかなり恥ずかしいものであった。肛門を見やすくするには診察台の上で両脚を自分で抱えなければならず、それは自然と〈おむつを替えて貰う赤ん坊〉の体勢になるのであった。それでも〈患者さんの心的負担を軽減するため〉にペニスの上には白いガーゼが被せてあったが、それはただ単に被せてあるだけなので医者が何かを云う度に息でフラフラするし、時には少し浮き上がったり、めくれもする。医者は勿論《もちろん》、看護師もわざわざ半分めくれたガーゼを直そうとはしない。チンイチも直してくれとは云わない。まるでガーゼなど存在しないかのように振る舞うのだが、それなら初めからガーゼなど要りませんとは云わない自分にチンイチは観念していた。

「まさに頓知だ。頓知以外の何ものでもない」

「頓知ですか？」

「頓知だ。あの猿め、実に巧《うま》い具合に尻の穴を犯してけつかる。縫合の腕は中の下じゃったが、傷の裂け具合が絶妙じゃったおかげで、ちょっと見では猿に犯されて傷を負った肛門には見えん。こう鼻先に持ってきて初めて再生変色が判る程度だ。それに傷の具合が君、〈寿〉《ことぶき》という字になっとる」

「ほんとですか？　先生」看護師が医師の横に並んでチンイチを見つめた。「あら、やだ。莫迦みたい」

「莫迦って云うな莫迦って……。それにつけても儂《わし》も数万人の肛門を見聞きし、触診し、味見してきたが、こんな肛門は初めてでけつかる」

「素晴らしいお猿さんねえ」

「それは猿のおかげじゃなく、お医者さんの……」

「何を云ってけつかる。猿の魔羅が本気じゃったら、この程度で済むとはとうてい考えられん。まあ、猿と人という差はあるにせよ、僥倖というよりは不確実性のなかにおける頓知の為《な》せる業という他あるまい。肛門に寿とは実に皮肉にして世を儚《はかな》んだ素晴らしいハプニングではないか」

「良かったわね。ジンパさん」

「はあ。ありがとうございます」

「便出るは順調かね」

「まあ、なんとかそろりそろりと」

「ウォシュレットを使うんじゃぞ。切れ痔《ぢ》にはあれが一番じゃ。まあ、また更に更に軟便になる薬を出しておくぞよ」

「ありがとうございます」

チンイチは待合室に戻ると携帯を確認した。

上司のヤスダが明日は駅の改札で待ち合わせようとメールを入れてきていた。チンイチは〈はい。それでは〉とだけ書き込んで送った。ヤスダはチンイチと園長との話し合いに同席を申し出てきたのだった。

テーブルに置かれている古い週刊誌を捲《めく》っていると、テレビから〈ジュウカン……〉と声が聞こえ、顔を上げた。ＮＨＫのニュースでキャスターが事件を報じていた。事件直後はかなりの反響もあったが、既に下火になったと思っていたのでチンイチにとっては意外だった。

〈……事件で、男性を襲ったチンパンジーが殺処分されることとなりました〉

男性キャスターは表情を変えずに淡々と伝え、背後には獣缶動物園をヘリコプターから撮った写真が映っていた。そこから事件当時の映像に切り替わり、担架の上でぐったりしたまま現場から運び出されるチンイチと、かつて動物園で芸を見せていた頃のオオダマの姿が映し出された。

「あんた、猿って怖いわねえ。猿ってねえ」側《そば》に腰掛けていた中年の女が、チンイチに声を掛けてきた。

「ええ。ほんとですねえ」

「大の男が敵《かな》わないんだものねえ。大の男がさ」

「相手は獣《けだもの》ですからねえ」

「やられた人、三十七歳だっていうから、きっと家族がいるわよねえ」

「そうでしょうねえ」

「可哀想《かわいそう》だわ。猿に乱暴されるような人が家族だなんて。その人も可哀想だけど、家族も可哀想。一生モノでしょ、猿に犯られたなんて。一生背負っていかなくちゃならないのよ」

「家族も大変でしょうねえ」

「でも、殺されちゃうのは可哀想ね」

「あ、確かに。そうですね」

「猿は人間の元だから」

「え？」

「猿は人間の元でしょ。人間は猿からできてるんだから」

チンイチが、どう答えようと迷っていると受付の窓が開き、看護師が「お会計」と顔を見せた。「ジンパさん、あの人、ちょっと気をつけてくださいね」

「なぜです？」

「おしゃべり……凄《すご》い放送局なんですよ」看護師が、ちらりと待合室を見やった。

女はゲロイドのような色をした買い物袋から煎餅《せんべい》を取りだすと前歯で噛み始めていた。

「気をつけます」チンイチは会計を済ませると外に出、薬局で三十分待って塗り薬と飲み薬を受け取ると電車に乗った。今日は直帰すると上司に伝えてあった。


「おかえりなさい」チャイムを鳴らすとマホエがドアを開けた。「先、お風呂にします？　それともご飯？」

「ご飯が嬉しいねえ」

テーブルにはトケルが既に座っていた。

「お、今日はカレーか」

「お父さんにはハンバーグも付けますよ。カレーハンバーグ」

「ぼくも！」

「はいはい」トケルの叫びにマホエがニコニコしながら皿に盛った小振りなハンバーグを運んできた。「はい。お父さん、お疲れ様」

「なんだ、やけにサービスが良いなあ。盆と正月が一緒に来たみたいじゃないか。一体、どういう風の吹き回しかね」

「今日、タネナシさんがお見えになったの。あの方、保険をおやりになってるでしょう。

あなたのは相当、下りる可能性があるんですって」

「下りるって？」

「慰謝料よぉ。仕事中のことでもあるし、あの動物園の管理不十分だって訴えられるし。メリケンではコーピーの火傷《やけど》だけで八十億円も貰ったおばあちゃまもいるんですって」

「ええ！　八十億！　ぼくほしい！」トケルがカレーの付いたスプーンを振り回す。

「莫迦、そんなに貰えるわけないいじゃないか。たかが猿一匹で」

「でも、みなさん随分と心配してくださっているんだから、あまり元気だっておっしゃっちゃ駄目よ」

「どうして」

「だって損じゃない。普通ならしらんぷりされててもしかたないのよ。今の世間様はうんと冷たいんだから……」

「わかった。気をつけるよ。ところでトケル、試合はどうだったんだ？」

父親の声にトケルはピースサインを出した。「優勝！」

「すごいじゃないか」

「この子、二点もゴール入れたのよ。もしかしたらレギュラーになれるかもしれないんですって」

「そうか！　もし、レギュラーになったらセミダインスーパーゴールデンデラックスレアバージョンシークレット買ってやるぞ！」

「わあい！　本当？」

「本当だとも！」

「パパ、大好き！」

トケルがチンイチの首っ玉にしがみついた。「こらこらよさないか、ママが妬《や》くぞ」

「まあ！　あなたったら、おほほほほほほ」

その後も驚くほど他愛《たわい》ない会話にまみれたチンイチは、チンパンジーに犯されたとはいえ、此《こ》の悲劇が〈雨降って地固まる、災いを転じて福と為すにしなければならんなあ〉と独りごちた。トケルと風呂に入り、躰《からだ》を洗ってやり、湯船に浸《つ》け、自身の薄くなりつつある前髪に注意しながらシャンプーを使った。

「ねえ、パパ。悔しくないの？」

不意にトケルが呟いた。

「なんだって」振り向いた勢いでシャンプーの泡が目に入りそうになり、指で避《よ》けた。

「あの猿。パパをいじめたんでしょ。パパはあの猿をやっつけたくないの？」トケルはそこまで云うと鼻の下まで湯に浸かり、ぶくぶく泡を立てた。

「それはどうかな。パパは警察に任せてるんだ」

「ぼくなら自分でやっつけたいよ」

「はは。大人はそういう考え方はしないんだ。世の中にはそれぞれの役割ってものがあるからねえ。あの猿にはちゃんと罰が下って、そういう係の人が決着をつけてくれる。それが世の中のルールなんだよ。パパがすることじゃない」

「やられたのはパパなのに別の人が猿をやっつけるの？」

「そうさ。その為《ため》に警察とか、いろいろあるんだから」

「変なの」

チンイチはシャワーでシャンプーを落とすと湯船に浸かった。お湯が盛大に溢《あふ》れる。チンイチは、このお湯を盛大に溢れさせるのが好きだった。自分が豊かだ、幸せだと恍惚《うっとり》できるからだった。

「でも、自分のことは自分でするんでしょ？　パパも先生も大人はそう云うじゃない」

「トケル、そんなことを云い出したらパパはお医者もしなくちゃならないし、警察も消防士も先生も全部やらなくちゃならない。ひとりの人間がそんなにできるはずがないよ、ははは。さあ、出て歯磨きしたら寝なさい」

トケルが寝入ったのを確認するとチンイチはベッドに行き、パジャマを脱いで股間を露出させた。「おい。ひとつ頼むよ」

「はいはい」濡《ぬ》れた髪をドライヤーで乾かし終えたマホエがベッドの隅に腰掛けた。

チンイチがオムツを替えて貰う体勢になると妻が股間に顔を寄せた。

「だいぶ腫れが引きましたわね」チューブから塗り薬をひり出しながらマホエが肛門を眺めた。

「頓知だとさ」

「トンチ？」

「なんでも縫い傷の痕が〈寿〉みたいに見えるからって医者が珍しがってた」

「まあ、変なお医者ねえ。あたしにはわからないわ。でも本当だとしたらおめでたいわね」

「莫迦。おめでたいのは君のほうだよ。そんなこと嬉しいはずないじゃないか」

「ですわね。すみません」

「あれ？　あれなんだい？」チンイチは簞笥《たんす》の上の見慣れない緑の箱を指差した。

「手を離さないでください。あれはワキタさんからの預かり物ですよ」

「なんでワキタさんのものがウチにあるんだい」

「帽子か靴らしいんですけれど、あそこのご主人、いろいろとお金遣いにうるさいから少しの間、預かっておいてくれないかって、どうしてもって頼まれたのよ。あの人、今年のＰＴＡの役員を代わってくれたでしょ。だから断り切れなくて」

「ふうん。しかし、さっきトケルに妙なことを云われたなあ。パパは自分で敵討ちをしなくて平気なのか？　なんてさ」

「あの子、最近ちょっと難しいんです」

「なにかあったのか」

「躰も急に大きくなってきて目立つでしょう。サッカー部の先輩から妬まれてるみたいなのね。この前もランドセルに泥が付いていたから、どうしたのって訊《き》いたら転んだって云うんだけど。そこの駐車場で喧嘩《けんか》してたってナカシマの奥さんが。突き飛ばされるのを見たんですって」

「けしからんなあ。相手はどこの子だ」

「そこまではわかりませんよ。あら、ほんと、ちょっと寿に見えるわ」

「莫迦！」チンイチはそう怒鳴るとクシャミをした。

c

改札を出るとヤスダの醤油《しょうゆ》で煮染めたような顔が電話ボックスから出てきた。「やあ、来たね」ヤスダは微笑《ほほえ》むと先を歩いた。動物園とは反対の方角だった。園長との待ち合わせまでまだ小一時間ほどあった。時間を指定してきたのはヤスダだった。ヤスダは店の前に枯れた観葉植物を野晒《のざら》しにさせている純喫茶と書かれたドアを開けて入った。

「ちょっと打合せね。ちょっとだけね」ヤスダは照れたように呟くと奥にあるテーブルに腰掛けた。「ナニ飲むかね？　今日は奢《おご》れるけどね」

「あ、恐縮です」チンイチはウィンナーコーヒーを頼んだ。

ヤスダは口元だけでニコニコ笑っていた。

「さっそくだけれどね。社長から内々に相談されたことがあるのね。うちも去年のリーマンショックから色々と業績が悪化してるよね。でね、是非とも御願いしたいってね」

「どういうことでしょうか」

「実はね」ヤスダはコーヒーを置きに来たウェイトレスに遠慮するように一旦、口をつぐむと、また身を乗り出し、今度は囁《ささや》くように云った。「君にね、折り入って大所高所に立った協力を御願いしたいということなのね」

チンイチは判りかねるといった顔のままでいた。

「つまりね。今回の君の身に起きた事故については会社としても実に同情しているのね。だからね、今後のことも含めて色々と相談させて欲しいということなのね。わかるね」

「すみません、ちょっと判りかねます」

「コーヒー飲みなさいね。そうしたら落ち着くからね。つまりね。園長と話し合いする時にね。色々と云いたいこともあろうけれどもね。それをひとまず腹にしまってね、納品契約のほうをね。押して貰いたいということなのね」

「それはあれですか。つまり、この事件をダシにして契約を取れということですか」

「まあね、ボクはどうかと思ったんだけれどね。社長がひとつ頼んでくれないかとね。恐縮するんだよね。こんな御願いは非常識だけれど彼なら会社の苦境を救ってくれるだろうってね。ボクは厭だと思っていたんだけどね。どうかね」

「はあ」

チンイチと目が合うと、カップを唇にあてながらヤスダは外へ視線を逸《そ》らせた。「そろそろ春だねえ。さっぱりしたいよね。今年は雪が多かったからね。みんな大変だったよね。自分だけじゃないよね」

「判りました。ただ、取り敢えず相手の出方を見てからで良いでしょうか」

「それで良いと思うね。良いと思うよね」ヤスダはニッコリ口だけで微笑んだ。


動物園の入口が近づくとチンイチは動悸《どうき》が速くなるのを感じた。事件直後ほどの不安はないにせよ、やはり建物が近くなるにつれ獣の気配とそこはかとない臭気のようなものに躰がざわついた。

獣缶動物園は戦前、町の篤志家が都に掛け合って設立した半官半民の動物園であった。戦況の悪化と共に動物は殺処分されることになったのだが、なんと当時の園長は軍の命令を無視し、防空壕《ぼうくうごう》を作るという名目でトンネルを掘り上げると、その中に檻を移築し、一部の動物を終戦まで匿《かくま》っていたのである。戦後、ＧＨＱにより軍令を無視したことと動物愛護の精神が高く評価され、園は動物ともども園長に譲渡されることとなった。園を受け取った園長はオリンピックフィーバーを当てこんで半分をマンションにし、残りの敷地で〈獣缶動物園〉を営業した。昭和五十年以降は敷地を切り売りしながらの経営であった。しかし、昔からの根強いファンも残っており、閉園はさせず細々と経営を続けていた。以前よりチンイチは営業に疲れると此処を訪れ、ベンチに座って象やライオンを眺め、一服するのを楽しみにしていた。オオダマはチンパンジーの山にいた。此処の動物は全般的に高齢で動きが少ない。ライオンは寝てばかりだし、象は砂壁のように突っ立っているか、ぶらぶらと鼻を持てあまし気味に左から右へと移動するばかり、そんななかオオダマだけは何故《なぜ》か仕草のひとつひとつが人間臭く、いつまで眺めていても飽きることがなかった。いつしか、チンイチは狭い空間に閉じこめられ、我が身を持て余しているように見えるオオダマに好感を抱くようになっていた。オオダマも彼を見ると唇を捲り上げ、歯を剝《む》きだして笑うようになっていた。

　ベンチにいるチンイチに飼育員らしい男が声を掛けてきたことがあった。たぶん、スーツ姿の男が昼日中にしばしば立ち寄るのが珍しく映ったのだろう。彼によるとオオダマはかつて動物プロダクションに居たらしく様々な芸を各地のイベントで披露していた人気モノだったそうだ。今でも月に一度、小学生や幼稚園児が遠足で訪れると飼育係と一緒に簡単な芸を見せることがあるという。

「案外、可愛《かわい》らしいものですね」

「ええ。でも大人の雄になると握力が五百キロなんてのもいますからね。案外、怖いんですよ。人間の腕ぐらいは簡単に引き千切ってしまうんです。だからテレビに出るチンパンジーはみんな顔が肌色でしょう。あれはまだ子どもだっていう印なんです。大人は顔が真っ黒になります。オオダマは雄の中でも躰が大きいですからね。暴れ出したらまず人間は敵いませんよ」飼育係はそう云うと一礼して去って行った。それがほんのふた月ほど前のことであった。

あの日、いつものように営業先で浴びせられる罵倒や愚痴に疲れ果てたチンイチは園を訪れた。ベンチに座りつつ、ボーナスのカットが続いていること、ニコニコしていながらも浪費癖の止まらない妻のこと、勉強に身が入らず親の目を盗んではゲームに耽《ふけ》る息子のことなどを考えているとき——ふと、この動物園に営業を掛けてみたらどうだろうと思ったのである。チンイチは事務用品の営業をしていた。動物園ならコピーやFAX、その他、自分が扱っている商材を必要としているはずだと考えた。当然、他の業者が入っているはずだが、それでも此処に通う理由が見つかれば、サボっているという罪悪感から逃れられるし、一度ぐらい断られてもこうして通っている姿をこれからも見せるだろうから無下《むげ》にはされないという自信があった。チンイチは辺りに人気《ひとけ》がないのを妙に感じつつも園の建物に向かって行ったのであった——。

d

「そうなんですな。なる～」ヤスダの説明を聞いた園長は、もじゃもじゃ頭を掻きながら頷《うなず》いた。黒縁眼鏡の奥に見える目は白目が大きく黒目が異様に小さかった。

「まあね、こういう時期を狙ったというわけじゃないんですがね、以前からこちらさんにはアタックしてみたいと彼が云っていたのを思い出しましてね」

「アタックねえ。アタックは良いですよねえ。何事にもねえ」

ヤスダは貸しコピー機とＦＡＸ、名刺、事務書類一式を含めたデラックスセットを勧めた。これは月に十五万ほどの契約となり、かなり大手の工場や会社でなければ勧めない利益率の高いパッケージだった。値段を聞いて園長は「ぐはっ」と咳《せ》き込《こ》んだがチンイチをチラリと見て、何も云わなかった。

「お怪我《けが》の具合はどうですか？　ジンパさん」

「ええ、まだ回復には至っておりません」

「そうですか」園長は大きく溜息《ためいき》をつくと頭を掻いた。ヤスダが置いた会社のパンフの上にパン屑《くず》のようなものが舞った。

「でもね。この通りね。職場復帰してますからね。だいぶ状況はいいんだよね？」

「ええ。まあ」チンイチは渋々頷いた。

「エレファントジュースって云うんですよ」

「は？」自分をまっすぐ見据えた園長の言葉がわからず、チンイチが問い返す。

「オオダマを仕留めた麻酔薬です。エトルフィンというオピオイド薬物の中でもモルヒネの千から三千倍の威力がある、麻酔の番長ですよ」

「番長ね。良いですね」

「人なんかに使ったら、ちょっと注射しただけでも即死するようなヤクいネタなんですけどね。牛や虎や、名前の通り、象なんかに使うんです。それを係の奴《やつ》らはオオダマに使った」

「あ、だから即時昏倒してジンパ君は助かったんですね」

「高いんですよ。あの薬。凄く高い。それにオオダマも高い。チンパンジーはワシントン条約で保護されていますからね。昔みたいに便利に密輸したのを買えなくなってしまった。高いんです。七百万以上します。いまお勧めされた商品の四年分ですよ。餌代もかかっているし、それに此処を訪れる数少ない幼稚園児にも人気モノでしたからね。高いんです。とても高い……」園長は再び髪を掻き毟《むし》った。ゆっくりと舞ったパン屑のようなものがコーヒーの表面に着地するのをチンイチは見た。

「それは随分としますね」ヤスダがそのコーヒーを手に取るとずるずると飲んだ。「それは随分としますものね」

「殺処分が決まったんです」園長は〈はあ〉と溜息をついた。「殺処分が決まったんです……はあ。こちらさんの怪我に関しては保険が適用されると思うんですけれど、こういう事態が発生すると来年以降の保険料が莫迦高になってしまうんですよ。オオダマはいなくなるしね。経費は嵩《かさ》むしで生き地獄になっちゃう。下手すりゃ閉園なんてことにもなりかねないしねえ」

「それは困りましたね。なんとかならないんでしょうかね」

「オオダマは凶暴だから矯正できないという判断なんでしょうかねえ。まあ、あいつは昔っから飼育係を莫迦にしたりして怖《おそ》ろしいところがありましたからねえ。あの日も前日から様子がおかしかったんで屋内の部屋に一匹だけ移して居たんですよ。係の者が餌を持っていったら突然、痙攣を起こしたものだから、彼は慌てて事務所に報《しら》せに走ったわけですが、その間に、あなたが迷い込まれたというわけなんですよね」

チンイチは胃から苦いモノが込み上げ、ごくりと唾を呑《の》み込んだ——。

あの日、事務所を探していたチンイチは目の前を勢いよく駆けていく若い職員を見つけ声を掛けたのだった。しかし、彼はチンイチには目もくれず、廊下の向こうを曲がって行ってしまった。その時、人の話し声が聞こえたのでチンイチは若者がやってきた方へと向かったのだった。まさかそれがオオダマの部屋に繋《つな》がっているとは思いもよらず、薄暗い廊下に出ると、そこに作業着を着た人がいた。座っているのか、跪《ひざまず》いているのかわからなかったが、こちらに背を向けたその人物は廊下の真ん中にいた。

「すみません……」

チンイチが声を掛けると相手は一瞬、ビクッと肩を震わせたが振り向きはしなかった。

「事務所はどちらでしょうか……わたくしは」そこまで話しかけた途端、チンイチは腕を摑まれ顔に頭突きを喰らった。雨晒しの毛布を口に詰め込まれたような嗅いだことのない悪臭に鼻を殴られたと感じたところで意識が途切れた。

次に気がついたのは尻に強烈な違和感と痛みを感じてからだった。目を開けると暗い部屋の冷たいコンクリートの床に倒れているのがわかった。鉄のドアが開きっぱなしで廊下に自分の鞄が転がっているのが見えた。躰を起こそうとしたが、信じられない力で押さえつけられ身動きできなかった。また背中の上に乗ったオオダマの動きと尻から伝わる気配で自分の身に何が起きているか、そしてそれは自分が考える最悪の事態であることも悟った。部屋の隅に引き千切られボロボロになったズボンが捨ててあった。革のベルトが半分に千切られているのを見て、チンイチは飼育係の〈チンパンジーは簡単に人の腕を引き千切ることができる〉を思いだし、戦慄《せんりつ》した。大声で助けを呼ぶこともできないチンイチは呻きながら少しずつ廊下へと移動を試みた。尻が気持ち悪い、痛いし気持ちが悪い、というか自分が何故こんな目に遭っているのか理解できず、理不尽な怒りが目玉を灼《や》きそうになった。猿を殴りつけようと思ったが、到底、敵わないと諦め、助けを待った。誰かが来てくれる、誰かが俺を助けてくれる、そいつらは俺の姿を見て、驚愕《きょうがく》し、哀れみ、同情するだろう。たっぷりそれをしろとチンイチは思った。俺がこんな目に遭っているのを知らずに暮らしていた罰を与えてやる。驚き、哀しみ、同情し尽くせ！

「どうだね」ヤスダの強い口調が飛び込んで来た驚きで膝が反射的に脚気《かっけ》の検査のようにピコンと飛び跳ね、低いテーブルを蹴る格好になった。カップが倒れ、パンフが濡れた。

「あららら」園長が首に巻いたタオルで拭く。

「すみません」

「ジンパ君、園長様からご理解を戴《いただ》いたね」

「はあ」

「セット御契約を前向きに御検討戴けるそうだね」

「その代わり、諸々《もろもろ》、穏便に御願いしたいっす」園長はそう云って頭を下げた。

チンイチと共に会社に戻ったヤスダが社長に報告すると社長は満面の笑みを見せた。

「そうかそうか。それではまた動物園人脈というのも開拓の視野に入れなくちゃな」

「ですね。あそこは老舗ですからね。色々とあるでしょうね」

ヤスダと社長は顔を見合わせ、ぐふふと笑った。


その夜、帰宅したチンイチがテレビを見て寛《くつろ》いでいるとオオダマが映った。ニュースキャスターが殺処分命令が下りたこと、それに関し動物園の管理責任の不備に対する批判も高まっていると告げた。園長の顔が映し出され「殺処分だけは、なんとか助けて貰いたいと今日も被害者ご本人にご理解を賜りたいと……」と話した。その後、専門家を名乗る大学教授が登場し「遺伝子レベルではほぼ人と同じであるチンパンジーは動物のなかでも質《たち》が悪い。一旦、人を攻撃する味をしめてしまった個体は矯正することが困難でしょうなあ。被害者と特別な繋がりが無かったとすれば、放置しておけば第二の被害者が出る可能性もある……」と指摘した。

そこまでで、チンイチはチャンネルを替えた。クイズに間違えると芸人が股間をボクサーグローブのついた機械で叩かれるというコーナーをやっていた。

「あなた、ほんとうなんですか」隣に座っていたマホエが心配そうに呟く。「園長と猿を殺さない相談をしたなんて。ほんと？」

「そんなわけがない。あの猿の生き死にに僕が関与することなんかあり得んよ。そういうことは全てお役所や法律家が決めるもんだ」

「でも……」

チンイチはマホエの肩を抱き寄せた。「会社がね。業績が良くないものだから、此《これ》をきっかけにして売り込みを仕掛けたんだよ。それに少々、付き合っただけさ」

それから二週間ほどが経《た》ったが、オオダマが殺されることはなかった。事件の当事者であるはずの自分に何も連絡の来ないことを不審に思ったチンイチは警察に連絡を取ってみたが、担当刑事に折り返させるという返事ばかりだった。チンイチは動物園に赴くことにした。あれからヤスダは何度も通っている風であったが、チンイチには何の連絡もなかった。ただ園長に何か云いに行くときには事前に連絡をしろと社長命令が下りていた。

自分を蚊帳《かや》の外において何かが進行している厭な予感があった。

チンイチは一旦、自宅に戻るといつものスーツを脱ぎ、ポロシャツにパンツというラフなスタイルになった。もし園の関係者に見つかったら今日は有休だと言い訳するつもりだった。動物園に着くと丁度、出て行く幼稚園児たちとすれ違うところだった。ふと見ると子どもたちの空色のスモックに缶バッジが付いていた。チンパンジーの顔があり、その下に〈オオダマ、死なないで！〉と文字がある。不審に思いチンパンジー舎に向かうと立て看板の前に子ども連れが集まっていた。イベントに出演していた頃のオオダマの写真がパネルになったアンケート台のようなものが設置してある。そこには〈動物を殺さないで！〉とあって子どもに向けた今回の事件の説明があり、助命嘆願署名の協力を求めていた。

〈……だから、オオダマくんは悪くありません。チンパンジーはみんなとおなじ、ひとにいちばんちかいどうぶつです。みんなのなかまです。どうか、オオダマくんをころさせないようにおとなのひとにたのんでください！〉

チンイチが見ている前でも子どもにせがまれた親が自分と娘の名を書き込んでいた。

セメントでできた崖を見下ろすと凸凹した広場の真ん中にオオダマが座っていた。他のチンパンジーはオオダマを警戒するように横たわった樹《き》の反対側に陣取っていた。確か、此処のチンパンジーたちは全部で十匹。オオダマ以外の雄は三匹で、残りは雌と子どもだった。雄の二匹は若く、いずれリーダーであるオオダマのライバルとなるはずだが、まだリーダーを争っての戦いは起きていないと聞いたことがある。

オオダマは殺処分されるまでの期間を此処で待つことになっていた。人間を襲った猿の受け入れを他の動物園が断ったのであり、当然の如《ごと》く猛獣を留めおく設備は消防署にも警察署にもなかった。オオダマはおこりの発作のように何度も自分の頭をぐるりと撫《な》でては嗅ぐ、またぐるりと撫でては嗅ぐをくり返していた。到底、此処までは手が届かないという高みから見下ろしていてもチンイチは身内にあの恐怖と不快が突き上げてくるのを感じた。その時、オオダマがふと頭を撫でるのを止《や》め、顔を上げ、チンイチを見た。咄嗟《とっさ》に視線を逸らそうとした自分を抑えつけ、チンイチもまたオオダマを見据えた。ふたつの生き物が睨《にら》み合った。オオダマは首だけをこちらに向けたままチンイチを凝視していた。と、唇がくるりと捲れて牙が覗《のぞ》いた。まるでチンイチを笑っているように見え、躰が熱くなった。その顔を見た少女が声を上げた。〈あ！　お猿さん、笑ってる！〉

どれどれと父親らしいのが隣に立って覗き込む。〈あ、ほんとだねえ。笑ってるねえ〉そう云いながら同意を求めるようにチンイチに微笑みかけてきたので、チンイチもつられて「ほんとですねえ」と云ってオオダマを振り返った途端、熱い泥が顔面に叩き付けられた衝撃で仰《の》け反《ぞ》り、尻餅をついた。我に返るととんでもない悪臭に吐き気がし、唾を何度も吐いた。思わず袖で拭うと、べったりと持ち重りのするモノが残っていた――。

「うわ！　お猿さん、ウンチぶつけたよ！」少女が驚きの声を上げた。

チンイチは立ち上がり、オオダマを睨んだ。

その時、オオダマはハッキリ、彼を見て嗤《わら》った。

「ふざけるな！」チンイチが叫ぶと今度は他のチンパンジーたちが声を上げてはしゃぎだした。

「それはグリマスって云って笑ってるんじゃなくて怖がったり、威嚇してる表情なんですな」替えの服を持ってきた園長はチンイチに渡した。前回とは違い今日は園長も作業着を着ていた。「チンパンジーの糞投げは有名でな。また手が長いからコントロールもエエし、威力もある。下手すると糞で気絶なんてこともあるんだなあ」

「とにかく危険ですね。とても危険です」チンイチは顔を洗ったタオルを相手に渡した。

「作業着はそのまま着ていって良いですよ。また今度、返して貰えば。ウンコの付いた服はビニールに入れておいたから持ってかえんなさい」

「園長……。あの看板はどういうことでしょう」

「看板？」

「あの助命嘆願のです。オオダマの殺処分を回避しようという」

「ああ、あれは愛護団体の要請でね。とにかく格好だけでもああいうことをして貰わないと困ると圧力がかかったんだ。どっちにしろオオダマがいなくなったら別のチンパンジーを補充しなくちゃなんない。他にも動物はいる。あの人らに目を付けられるとそういう色々なことが不自由になるからな」

「では、もしかするとオオダマは殺処分を免れるということですか」

「いや。それはないだろうな。形だけですよ形。世論はあんたに同情的なんだ。あいつはもうコレですよ」園長はそう云うと立てた親指を首の前でサッと横に引いた。


その夜、帰宅するとマホエが奇妙な顔をしていた。

「どうしたんだ」

「なんか変ですよ、あなた」

何がだと云い掛けた彼の手を取ると妻は録画したニュースを見せ始めた。そこには幼稚園児がカメラに向かって『チンパンジーを殺さないで！』と叫ぶ姿があった。

「これがどうした？」

「これだけじゃないのよ」

マホエが云う通り、いくつかのテレビ局のニュース番組を次々に録《と》ったその殆《ほとん》どにオオダマの助命を求める一般人の意見が収録され、遅い時間になってからのニュース番組では海外の類人猿研究の第一人者だという大学教授が現れ「チンパンジーに罪はない。あくまでも此は人間の落ち度であり、罪は人間に帰するべきです」という持論をぶち上げ、スタジオのキャスター並びにゲストも概《おおむ》ね賛成といった雰囲気に変わっていた。

更に難病を抱えているという寝たきりの少女が映り、彼女はイベントで逢《あ》った時のオオダマの優しさが忘れられないと手紙を読み上げた。母親が少女とオオダマとの強い絆《きずな》について涙ながらに訴えるシーンで終わっていた。

「いやだわ、こんなのあなたが悪いみたいじゃない」

電話が鳴った。マホエが応対し、戻ってきた。「なんかテレビ局だって。ご主人に今回の事件についてお伺いしたいことがあるって」

「莫迦、そんなの取り次ぐことない。居ないって云っとけ」

「云ったけど、家に戻るのを見たって云うのよ」

「なんだって？」

受話器から軽薄な声が流れてきた。相手はドーランミイラのような厚塗りの小男がホモビッチのナンパのようにボソボソ話すことで有名な夜のニュース番組の名前をあげ、そこの外部スタッフだと告げた。

『いろいろと大変なことになってるんですよ。どうすかっ？　いまの感じ？』

「感じ？　感じとは？」

『あれ？　なんか色々と引っ繰り返って来ちゃった感がこちらにはヒシヒシなんっすけど。そちらはまだヒシヒシないっすか？』

「失礼だが、君はいつもそんな感じなのかね」

『なにがっすか？　なにの？　なにがっすか？』

「もう遅いので失礼するよ……」チンイチが切ろうとすると相手が声を高めた。

『いろいろ動きそうっすよ。マジで。なんかグリーンピース辺りの圧力がマジ、パネえっみたいっすから。日の丸、アメちゃんにはフニャフニャっすからねえ。ヤバイっすよ。ジンパさん。このままじゃエテ公、逃げ切りっすよ。乗り逃げっすよ』

「乗り逃げ？　どういう意味かね」

『え？　だって尻の穴マジで、ガン掘りこかれてんじゃないっすか。パネえっすよ。マジ凄いっすよ。ジンパさん、あんなガン掘り。今時二丁目の黒ちゃんだってあんな掘り耐えられねえっすよ。マジ、パネえっすね。尊敬しまっすよ、マジで』

「意味がわからんな」

『ジンパさんの犯されてるのがバッチリ監視カメラに映ってたんすよ。もう全部。ズボン引き裂かれて、警官が突入するまで。もう、ジンパさん、マジっすね。あうんあうん、イイ声で泣いてますよね。あの猿、マジ、神テク持ってんすねえ』

いきなり鳩尾《みぞおち》を蹴られたように躰がびくりとした。「何の話だね」

『いや、だから。ジンパさんが猿にガン掘り……』

「君はそんなものをどこで見たというのかね！　好《い》い加減なことを云って貰っては困るよ！」思わず声を荒らげた。

『ニュースソースの秘匿は保証されていますから、云えませんが。出所はひとつでしょう。だって監視カメラっすから……。とにかくパツイチ、お目に掛かって腹割ってぶっちゃけてみませんか？　ざっくりした男子会トークなノリで結構なんで』
「好い加減にしろ！」チンイチは電話を切った。
振り返るとマホエが居た。顔が緊張で強張《こわば》っていた。「どうしなさったの、あなた。ガンボリって、なんのことですの？」
「おまえには関係ない！」チンイチは叫ぶと寝室に飛び込んだ。

翌日、会社に行くとみなが自分を盗み見ているのがわかった。声を掛ければ普通なのだが、視線を外されたり自分の居ないところでは何か噂《うわさ》されている様子が明白だった。

彼は動物園の園長に電話をした。

「園長、昨夜、奇妙な電話がありまして、ちょっとお尋ねしたいことがあるんです。私が襲われたときの映像が防犯カメラに映っていたというのは本当ですか？」

『うん……そう』

「それはいまどこにあるんですか？」

『いま無い』

「どういうことですか？」

『てえぷ盗まれた』

「ぬ、盗まれたって、いったいどういうことですかぁ」

『◎×じゃ……ぬし。ばか』電話は突然、切れてしまった。すぐに掛け直したが今度は別の職員が出て、園長は不在だとくり返すばかりとなった。

チンイチはその足で動物園へと向かった。

事務室に飛び込むとチンイチの血相を変えた様子に事務の女性はたじろぎ、園長はチンパンジー舎にいると告げた。猿山の裏手に回ると園長らしい姿を見かけた。

「園長！」チンイチの声に園長は檻のある建物の裏手から中に逃げ込んだ。「待ちなさい！　逃げるな！」その後を追ってチンイチも中に入る。薄暗く細い廊下がカーブしていた。「園長！　はっきりとした説明を聞こうじゃないか！」チンイチは物音のする奥へと向かった。カーブの先がハッキリと見えた瞬間、廊下に向かってドアが静かに開いた。ノブを摑んだ黒く長い手が器用にチンイチを手招きした――オオダマだった。

「げぇ」チンイチの喉がぶるぶる震えた。オオダマの後ろから仲間のチンパンジーも姿を現した。逃げようと思った瞬間、入口のドアが閉まり鍵の掛けられる音を聞いた。

f

救出されたチンイチについての報道は以前にも増して過熱した。それは単なる害獣事件だったのが一度ならず二度も同じチンパンジーに襲われた男という如何《いか》にもネット掲示板やバラエティ番組の格好のネタへと変化したことが要因であった。三匹の猿から襲われたにも拘《かかわ》らず肛門を除いてほぼ無傷であったことなども取り沙汰され、更には彼を救出したのが園長であったことも世間は面白がった。その際、園長は右手を噛まれ全治一ヶ月の重傷を負った。テレビでは偶然、居合わせた来場者が携帯で録った下半身丸出しのまま気絶しているチンイチと彼をヒーロー然とした顔つきで運び出す血塗れの園長の姿が何度も披露された。勿論、チンイチの下半身と顔にはモザイクが掛けられていたが、不思議なことに本名と顔写真、肛門裂傷については前回に遡りながらネットに流出してしまっていた。

此を受け、全国からチンパンジーの殺処分が遅れたことに対する非難が寄せられたが、意外にもそれを圧倒する勢いで助命嘆願の声も沸騰した。猿に似た霊長類の専門家や学者が頻繁にテレビに登場し、チンパンジー——オオダマを擁護した。曰《いわ》く、本気で殺しに掛かったのであればチンイチは既に一度目の襲撃で絶命していただろう。前回のみならず今回ですら肛門以外は比較的軽傷であることを鑑みるに、猿にはチンイチに対して危害を加える意図は全くなく、逆に好意以上のものをもっていた可能性があるというのである。〈つまり、動物特有のじゃれあいが人間にとっては大きな怪我に繋がった。もしくは単にオオダマなる類人猿が被害者を愛していた。故にこのチンパンジーは凶暴であるなどということはなく、矯正不能でもなく、人間に対して相当な信頼感と愛情をもっていると考えられます〉と述べた。

チンイチは病室で刻々と世間の囲い込みを感じ、戦慄していた。園長も治療中ということで猿のような保険業者と猿そっくりの総務部長というのが見舞いにやってきていたが、見舞いに日参してくるマホエの表情から自分たち家族が思いも寄らない立場に立たされようとしていることが察せられた。

「大丈夫だ……俺たちは何も悪いことをしていない」――尻が痛かった。

「でも……あなた、これ」マホエが週刊誌を開いた。そこには〈チンパンジーにはホモがいる！〉という見出しでオオダマは実はチンイチを恋人にしようとしていたのではないかと推理する専門家の意見が載っていた。

退院する前日、総務部長が病床にある園長から一通の手紙を預かってきた。そこには今回の事故に対する謝罪が脈絡もなく綴《つづ》られていたが、最後にオオダマの助命嘆願書へのサインを求めていた。それを読んだチンイチは手紙を破り捨て、総務部長を怒鳴りつけた――すごく尻が痛くなった。総務部長は世論も嘆願に同調的な空気になっているなどと言い訳したが、チンイチは頑として それを撥《は》ね付け、更には園長が計画的に自分をあの檻に誘い込んだ節があるので刑事告発したいと付け加えた。総務部長は全身をぶるぶると震わせ、それでは園長に返事ができないと泣き崩れそうになった。聞けば園長は異常なほどの暴君で、とてつもなく怖ろしい人間なのだという。すがるようにサインを求める総務部長を無視するほどに尻が痛くなったチンイチは看護師を呼び出し、総務部長を引き取らせた。明日が退院だというのに肛門が激しく痛むのでなんとかならないかと頼むと猿のような顔をした看護師が見たこともないような巨大なゴムの棒を取り出し、俯せになったチンイチの肛門をそれで抉《えぐ》り抜いた。此の世のものとは思えぬほどの痛みだったが、我慢した。

翌日、退院し、会社に顔を出すと社長がチンイチを呼び出し、コピーを叩き付けてきた。

「此は何だ！」

身に起きた不遇を慰労されると思っていたチンイチは突然の怒声に面食らった。見るとそれはネットの雑談をプリントアウトしたもので、社長の顔と名前、更には以前、脱税をして会社が倒産、そのまま債権者から雲隠れしたことなどが事細かに書かれていた。

「なんでこういうことになるのかね、キー！」普段は温厚めいた社長が歯を剝きだして喚いた。「困るんだよ。こういうことが明るみに出ると本当に困るんだ。いまだって隠れ隠れの企業経営を綱渡りして、ようやく明かりが見えてきたところだってのに。こんなところで諸々が暴かれ始めると、ニッチモサッチモ行かなくなっちゃうんだよ。なんとか君、ならないのかね！」

「はあ。でも、私としては……」尻が痛かった。やはり退院を早めたのは間違いだったのだろうか。肛門から腹に掛け不気味な違和感が広がるのを感じ、チンイチは脂汗を浮かべた。

「とにかく何かの陰謀があるよ！　此は君が原因なのはハッキリしとる。君が尻を拭き給《たま》えよ！　大事なことだから二度云うが、尻を拭き給えよ！　尻給えよ！」社長は叫んだ。

明るいうちに会社を出たというのに、家に着いたときには既にとっぷりと暮れていた。狭いながらも戸建てを持てたというのはチンイチの大きな自信のひとつであった。勿論、以前は一軒建っていた敷地に三軒が身を寄せ合うようにして建っているのだが、都内であるというステイタスに比べれば些細《ささい》な瑕疵《かし》ですら無かった。隣の家の主人が水を撒《ま》いていた。彼はチンイチを見るとフンと鼻を鳴らして家に戻った。もともと夫婦喧嘩や夕食のおかずまでがわかってしまうような隣接した間柄なので仲良くすれば良いものを、変にプライドの高いその主人は自分から腹を割り、胸を開こうとはしない。そんな相手に付き合う義理も理由もないとチンイチは無視を決め込んでいるので、今夜もそんなもんかと近づいて驚いた。玄関前には少しでも建物の陳腐さを誤魔化そうと業者がおざなりに敷き詰めた白い化粧のようなセメントがあるのだが、そこに〈GangBang The Chimpanzee〉と、黒いラッカースプレーで落書きがしてあった。

文字の後には猿の顔と、その前に尻を突き出して誘っているような男の姿があって、その部分が隣家の敷地に跨《また》がっていた。男の半分ほどが水に濡れてブラシで擦り上げてあった。

「一体全体、どうなってるんだ！」家に入るや否やネットを立ち上げ喚いた夫にマホエは目を丸くした。

「あなた、お大丈夫なんですか？　きぃ」

「なんだおまえまで！　どいつもこいつも俺のことを悪者にして莫迦にしてやがる、見ろ！　こいつを。俺の本名どころか……あ！」

そう絶句した途端、オオダマとその仲間がチンイチを襲っている動画が始まった。三匹に押さえ込まれたチンイチはズボンを剝ぎ取られ、犬のように四つん這《ば》いにされた途端、激しく犯されていた。猿の喚き声の合間にチンイチの〈おっす！　おっす！〉という声が響く。チンイチは思わずパソコンの電源を切っていた。

「な、なんてこと……」マホエが真っ白になっていた。

「なぜ、こんなものが流出するんだ……狂ってる。狂いまくっている」

部屋の入口にトケルが立っていた。目の周りが腫れて黒い。

「どうしたんだ、トケル！」

トケルは黙って父親を睨みつけた。

「どうした？　誰にやられたんだ？　おまえ、なんで話さないんだ」

「だって、あなた帰ってくるなり、パソコンに齧り付いていらしたから」

「莫迦！　子どもが怪我しているんだぞ！」

「そんな……あなた、ひどい仰り方《おっしゃりかた》」

チンイチは膝を突き、トケルの目線に合わせた。

「トケル……何があったんだ。パパに云いなさい」

トケルは黙っていた。

「トケル、大丈夫だ。パパがおまえを守ってやるからな」

息子はチンイチの顔を睨みつけているだけだった。その態度に怒りを覚えたチンイチは声を荒らげた。「トケル！　好い加減にしなさい。云いたいことがあればハッキリ云いなさい。グジグジ女の腐ったみたいな奴はパパは嫌いだぞ！」

するとトケルの唇が開き、ペッと唾が吐きかけられた。背後でマホエが息を呑むのがわかった。

「嘘《うそ》つき！　男は自分のことは自分でやれ、人のことなんかあてにするな！　って、いつも云ってた癖に。パパなんか嘘つきのインチキだ！」

「なんだと？」

トケルは父親の手を払った。「なんで？　なんでチンパンジーなんかにやられたの？　なんでライオンとか虎とかじゃなくて、チンパンジーなの？　猿なんかに掘られて悔しくないの？」

「悔しいよ！　悔しいさ！」

「じゃあ、どうしてパパは自分でやっつけようとしないんだよ！　警察とかなんとか人に任せてばっかじゃん！　みっともないよ！　ぼく、今日だってエテ公に掘られたオヤジの息子だって、ずっと莫迦にされてたんだから！　エテボリ、エテボリって云われて、もうサッカーのレギュラー候補からも外されたんだよ！　パパの莫迦！　猿のガン掘り！　掘り掘られ野郎！」

トケルは歯を剝き出すと二階に駆け上がった。マホエが後を追う。

呆然《ぼうぜん》としていたチンイチは我に返ると事情聴取の際、受け取った名刺を思いだし、刑事に電話を掛けた。そしていまやネットに動画が流出していること、今回の件は園長に依《よ》る策謀の可能性が特に強いことなどを力説した。

「とにかく一刻も早く殺処分を御願いします」

『それに関してはこちらでは何とも返事のしようがないんですよ』

「なぜです。これは立派な傷害事件じゃないか」

『管轄の問題でね。素人さんに説明するのは骨ですが』

「なんという云い方か。私は二次的な被害を受けている。家族だって心を痛めているんだ」

『まあ、こちらでも色々と進めて行きますから、勘弁してください』

「勘弁とか、そういうレベルの話をしているんじゃないんですが」

するとすると相手が受話器を塞いで同僚と話を始めた。何の電話なんだと訊かれたようだった。刑事が〈チンパンですよ〉と云うと向こうで〈ウッキーウッキー〉と囃《はや》す声がした。

チンイチは〈もしもし！〉と怒鳴った。

「失礼じゃないか！　まだ話は終わってないんだ」

『あ、はいはい。とにかくやりますから』

「だから殺処分を早急にだな」

『はいはい。まあ、あんたもそれなりに楽しんだんだから、それほど被害者ヅラすることもなかろう』

「なんだと！」

電話が一方的に切られた。ツーツーと音を鳴らす受話器を戻すと、チンイチはがっくりと尻餅をついた。

翌日、チンイチは地方検察庁へ赴き、担当検事に直談判《じかだんぱん》した。なぜ処分命令が出されたにも拘らず執行されないのかと抗議に来たのだ。

「取り消されたのです」

「は？」

「動物に責任はないということになったのです」

「じゃあ、誰の責任だと云うんですか」

「まあ、敢えて云えば人間です」

「人間？　この場合は監督者である園長と私と云うことになりますね」

検事は眼鏡を外し、ハァハァと息を掛けて磨いた。「ですな」

「冗談じゃない。私は被害者なんですよ」

「車を罰しないでしょ」

「どういうことですか？」

「交通死亡事故が起きたからといって自動車を刑務所に入れたりはしないのと同じ理屈ですよ、あなた。僕は東大出てますから、法律をね。囓っとるわけですよ」

「仰る意味が、よくわかりませんな」

検事はチンイチを見つめた。「あの猿、無罪になりますよ。色々と世論がね、高まってますから。世間の人はあんたも不注意だったと云っている。寧《むし》ろ、猿にやられたがり男なんじゃないかとすら思っている節がある」

「そんな莫迦なことがありますか！」

「私が云っているんじゃない。世間ですよ、世間。案外、あなたが二度も嵌《は》まったのは、所謂《いわゆる》、エテ公に日覚めた。猿の魔羅の味をしめたからなんじゃないかってね」

「無礼者！」そう叫ぶとチンイチは椅子を蹴って飛び出した。

こうなれば動物園へ行って園長と直接対決しかないと、チンイチはタクシーに飛び乗った。助手席のヘッドレストに小さなテレビが付いていた。不意にCMが終わるとモノクロのざらついた画面になった。映画の予告編だろうと眺めていると隅から人間が三匹のチンパンジーによって運びこまれ、あっという間に服を剝ぎ取られると犯された。男が暴れると猿の狂乱はエスカレートし、遂《つい》には脚を引き抜いてしまった。太股《ふともも》の付け根に腸の一部が絡まっている。チンパンジーは腕も抜くと男の顔に嚙み付き、上顎ごと引き毟ってしまった。思わずこみ上げる吐き気に口を押さえると、バックミラー越しに見ていた運転手が「お客さん、チンパンジーの人でしょ？」と云った。

動物園の手前で交通規制がされていた。タクシーを捨て、チンイチは規制線のテープの前に立つ警官に何があったのかを尋ねると「チンパンジーが逃げ出したのです」と云う。「園長の隙を突いて逃げ出した雄の三匹が園内を自由に徘徊《はいかい》しているのです。現在、猟友会の応援を頼んでいますので、それまでは近づけません」

その時、携帯が鳴った。雑音と悲鳴で聞き取りづらかったがマホエの声に違いなかった。

「どうした？」

『いま、あなたのことが心配になって動物園にいるの！』

「莫迦！　俺はそんなとこにいないぞ！　どこにいるんだ」

『チンパンジー舎のところ。トケルも一緒なのよお！』

「そこにいろ！　動くなよ！」

「無理です。入れませんよ」若い警官が緊張した顔を見せた。

「莫迦！　だから早く殺せと云ったんだ！」

チンイチは警官を突き飛ばすと駆け出した。

g

園内は人気がなくシーンとしていた。檻の中の動物たちも異様な気配にジッと身を固くしていたり、突然、檻に飛びついたりといつもと違う動きをしていた。

チンパンジー舎の中に猿の姿は無かった。

「マホエ！　トケル！」チンイチは大声で呼んだが返事がない。

裏手に回ると二度目の襲撃を受けた建物のドアが開いていた。用心しながら中に足を踏み入れると廊下の先にゴム長靴が見え、園長が倒れていた。

「園長……」チンイチが助け起こすと園長は顔の半分を囓り取られ、両目を潰されていた。

「あんた……すまんかったなあ……あんたの云う通りじゃった……オオダマは……さっさと殺しておけば……殺しておりばよかった……」

「やっとわかってくれましたか」

園長は頷き、「やはり、俺のような金儲《かねもう》け主義の人間よりも、あんたのように日々を淡々と暮らしている人間のほうが世の中の本質を見極めるのじゃなあ。もし助かったら、今度はうちで働いて貰いたい。社長になって貰いたいんじゃ……」

チンイチは一気に打ち解けた喜びに胸の中がカッと熱くなった。「……園長」

「此はチンパンジーにだけ特別に反応する、エテプラズマ銃じゃ。弾に限りはあるが、警官の銃なんかより、よっぽど威力がある。さあ、此を持っていきなされ。先程、息子さんがオオダマたちに連れ去られたぞ」

「え」慌てて立ち上がると、捨てられた格好の園長が床にゴンッと頭を打ちつけた。

「此じゃ」園長は見えない目でバナナに似た銃をチンイチに渡した。「行け！　行くが良い」

チンイチは廊下の先へ駆け出した。すると猿の喚き声が耳に届いた。その瞬間、黒い影が前方から突進してきた。チンパンジーは床から壁へと貼り付くと、凄《すさ》まじい勢いで襲いかかってきた。

「やあー！」チンイチはエテプラズマ銃を突き出した。その瞬間、銃が手の中で震え、焦げ臭いにおいと共にチンパンジーが焼け焦げ、落下した。

「おお！　これは！」銃の威力に驚きつつ、また現れた猿を撃つ——猿死ぬ。

と、遂にチンパンジー舎の広場に駆け込んだ。

「マホエ！　トケル！」と叫ぶと、両脇の木々や山を模した陰から猿がバラバラと現れた。チンイチはその一匹一匹を見事に撃ち倒す。

「パパ！」声のしたほうを見るとトケルを片手に抱いたオオダマが壁を登っていく。

「オオダマ！」チンイチの声にオオダマが振り返り、唇を捲り上げ嗤った。

「パパ！　こいつを倒して！　パパの手で！　パパの手でぇ！」

チンイチは狙いを定め、引き金を絞る。強烈な反動の後、黄色いバナナ形の銃弾が音速で発射されるのをチンイチは見た。弾頭に自分の目が付いているように、それは突進し、オオダマの眉間を見事に撃ち抜いた！

「ぐわぁ」オオダマは苦悶《くもん》の叫びを上げると樹の向こうへ、トケルと共に落下した。

「トケル！」チンイチが駆け寄ると、そこにいるのはオオダマだけだった。「トケル！」そう叫んだ自分の声が幼い頃に見たターザンの雄叫《おたけ》びそっくりなのにチンイチは気がついた。遂に自分はジャングルの……いや、百獣の王になったという充実感で涙が溢れそうになった。

「パパ！」振り返るとトケルを抱いたマホエがいた。

落下した息子を見事に受け止めたのだ。

「パパ、やったね！　とうとう自分でやっつけたね」

「ああ、その通りだ」

「カッコイイよ！　パパ！」

マホエが下ろしたトケルがチンイチの胸に飛び込もうと駆け出した。

「あらあら、なんですか。あなたまで子どもみたいに、おほほほほほ」

「あははは……………」チンイチはオオダマが再び、背中に噛りつくのを感じ悲鳴を上げ、我に返った。気が狂いそうな激痛が全身を灼いていた。目の前を一匹のチンパンジーが横切った。革靴を履いたチンイチの脚を引きずっていた。

「は！　あ！　ああああ！」チンイチは自分がドアをロックされてから三匹に引きずり込まれたのを思い出した。まだ数秒しか経っていないことも。「止めてくれ！」オオダマが顔の真ん中にキスをしたと錯覚した瞬間、上顎が鼻と一緒に骨ごと噛み砕かれ、持っていかれた。

後日、殺処分をされた三匹の胃袋からは、チンイチの顔と尻、足と腕の一部、ペニスの全部が見つかった。

あむれぜん

# a

〈あむんぜんの頭の中身を見てみよう〉と、アックンに云われたのは体育祭が終わってすぐのことだった。

「あいつ、男の癖にマルにしねえじゃん。ズルイじゃん。たまんねえじゃん」

あむんぜんというのは勿論、アダ名で奴の店の名前だった。駅前の路地裏を入った野良猫か酔っ払いしか来ないような細っこい路地の奥に、やたらと頑丈だけど重くて足が上がらないとか、ぴかぴか光るけれど雨が降ると感電するとか、まともじゃない靴ばかりを売っている変な靴屋があって、そこが〈アムンゼン靴店〉。

奴の家だった。

俺たちの中学は男子は全員丸刈りなのに、なぜか、そいつ、あむんぜんだけは長髪を許されていた。あむんぜんは何だか長髪であるのを良いことに〈モテ〉な感じを出してもいる厭な奴だった。女とはニコニコ話すのに、俺たちには何やら警戒するような視線を投げつけ、そして笑いもしない。喧嘩が強いわけではないのはわかっていた。奴は運動的なことは何をやらしても全然、ダメだったのだ。入学当初、当然のようにあむんぜんには注目が集まった。俺たちは〈なんであいつだけ、長髪なんだよ〉というモヤモヤ感が膨らんでいたし、女子は女子で〈あの人、なんとなく他の男子と違う〉的な目で見るのがいたりして、それが更に俺たち男子の憎しみというか、怒りを買っていた。でも、それも一年が経ち、二年が経つと〈馴染《なじ》みの風景〉みたいになってきて、三年になると、あむんぜんのことをとやかく気にする奴は殆ど、いなくなっていたんだ。だって一年もすれば卒業で、そうすれば自分たちだって好きに伸ばしていられるんだから……という時期だったので、アックンがギラついてあむんぜんの頭のなかを見ようと云い出してきたのには、ちょっと驚いた。

「どうして、いま頃」

するとアックンは非常に辛《つら》そうな顔になった。

もうちょっと説明しておくと、先生の話だと、あむんぜんは小さい頃、自動車事故に遭って頭を大怪我したそうだ。それでその治療が躰が完全に大きくならないとできない部分もあって頭がなんだか〈へんてこな感じ〉になっていると、本人も非常に気にしているから長髪の許可を出したということだった。

ついでに云うと、事故は、あむんぜんの親父《おやじ》が家族旅行中に起こしたもので、おふくろさんと妹はその事故で死んでいた。

俺は正直云ってあまり気乗りがしなかった。今更、あむんぜんの頭を見たいとは思わなかったのもそうなんだけど、今、うちの親父が毎晩おふくろを殴っているのでそんな気分になれなかったんだ。

でも、アックンは執拗《しつよう》だった。絶対に見ると云い、俺について来いと云った。

で、仕方なく俺たちはこうしてあむんぜんの帰り道を待ち伏せしているんだな。

「あ、来た！」公園を通り抜けてきたあむんぜんを俺たちは通せんぼした。あむんぜんはチラッと俺たちを見ると脇を通り抜けようとしたが、それをアックンが邪魔し、その反対側を抜けようとした奴の前を俺がブロックした。

「なに？」あむんぜんが怯《おび》える目をした。

俺もアックンも中学では素行も見かけもワルの部類に入っていた。

「おまえ、生意気なんだよ。歯を抜いてやるからよ、生きたまま」アックンお得意の残酷アピールにあむんぜんの顔は白くなった。

「な……なんでですか」

「女みてえな髪がむかつくんだよ」アックンが一歩前に出た瞬間、あむんぜんは斜めがけの鞄を俺にぶつけ、よろめいた隙に駆け出した。

「痛《いて》ぇ！　この野郎！」

俺たちは追っかけたが、あむんぜんは莫迦みたいに速かった。普段はのろまなのだから、あれは火事場の馬鹿力というやつなんだろう。駆けっこでは負けることのないアックンが先にへたりだした。

「あの莫迦……」アックンはそう云うと走るのを止めた。「煙草《タバコ》止めようかな……」

俺たちは公園に戻ると駄菓子屋でアイスを買い、ベンチに腰掛けた。汗だくだったし、あむんぜんなんかに負けた悔しさもあって、少し黙っていた。

「昨日、俺、かあちゃんの番やらされてたんだ」

アックンがアイスの棒を口の端に咥《くわ》えて話し出した。

「なんか親父の仕事、全然、巧くいかなくて。なのにまた新しい店をやるとか云って……」

「そうなんだ」

元ソープ嬢だったというアックンのおふくろさんは親父さんが借金ばかりこさえるので、パートだけで金が回らないと仕方なく〈立ちんぼ〉をすることがあった。当然、守ってくれるケツ持ちはいないので、そういう時はアックンが用心棒代わりにそっと連れ込み旅館までついていき、客が出てくると後を付ける。トラブルがあったときには後で親父がいちゃもんを付けに行くのだ。

アックンはその仕事を酷《ひど》く厭がっていた。

「昨日は客が全然つかなくて、俺はホッとしてたんだよ。そしたら、最後の最後になって濡れた古新聞みたいな汚え職人《きたね》が買いやがってさ。プー太郎かって云うぐらいの小汚え親父でさ。かあちゃんも普段なら袖にするんだろうけど。昨日は丸っきりボウズだったから、行っちゃったんだよな」

アックンはそこで言葉を切った。で、頷いてから話を続けた。「そいつ、あむんぜんの親父だったんだよ」

「ええ！　ほんとう？」

アックンは頷いた。「間違いねえ。客が戻ったのはあの店だし。俺、今日、学校行く前に確かめてきた。あむんぜんの親父、俺のかあちゃん買いやがった！　わかるだろ？」

「うう……ひどいなあ」

俺は、なんだか激しくわからなくなった。

「ふざけやがって。だから俺は絶対に、あむんぜんの頭を見なくちゃなんないんだ。あいつが誰にも見せたことのない頭の傷を。でないと俺はずっと負けたままになっちまう。だろ？」

「それじゃあ、見なくちゃしょうがないよ」

「だろ？」

「うん。弔《とむら》い合戦だよ。死んでないけど」

「そうだそうだ！　かあちゃんの弔い合戦だ！　死んでないけどな」

目の前に拭いた鼻血のような夕焼けが迫っていた。

俺とアックンは〈おーっ！〉〈おーっ！〉と叫んで、抱き合ったりして興奮した。

b

翌日から俺たちは〈あむんぜん狩り〉を始めた。

学校で大っぴらにできないので、俺たちは下校中を狙ったんだ。

でも当然、あむんぜんは俺たちを避けた。文字通り逃げるように俺たちを撒いて帰宅するようになったし、見つけて追いかけると、また莫迦みたいに速く逃げた。

「ふざけんな！」

「殺すぞ！」

俺たちは石を投げ、一度はあむんぜんの背中に音を立てて当たったりもしたのだが、奴はまんまと逃げおおせてしまっていた。

「畜生……煙草止めようかな」

アックンは、いつも地面に唾を吐くとそう呟いた。

ところがそんなこんなの日が続いたある日、アックンがニコニコして近づいてきた。

「今日、コーカンの独身寮で待ち合わせな」

コーカンの独身寮というのは今は使われておらず、廃墟《はいきょ》になっていた。

「どうして？」

「あむんぜんがお宝見せてくれるんだよ」

「え？　ほんと？」

「あいつ、昨日、本屋でマンガ万引きしやがってさ。俺、バッチリ見ちゃったんだよ。それをネタに強請《ゆす》ったら、簡単簡単」

アックンは〈ジャっ〉と手を上げて自分のクラスに戻って行った。

それで俺は放課後になると独身寮に行ったんだ。建物は二階建てで、周囲はぐるりと波板のブリキで囲まれていた。

俺は捲れそうな所を探して中に入った。雑草が腰の辺りまで伸びていて、俺が足を踏み入れた途端、何か緑色の小さな虫がぴゅんぴゅんと跳ね回った。水っぽいような草の臭いを掻き分けて進むとガラスの割れた入口が見えた。そこにアックンとあむんぜんが立っていて、俺を見ると手を振った。

あむんぜんは、ちょっと困ったような顔をしていた。

俺が近づくとアックンは、あむんぜんを押すようにして中に入っていった。そして玄関ホールから日差しが一杯入ってきている部屋に進んだ。そこは保健室みたいな造りになっていて隅にガラスのついた棚があったり、置き去りにされたベッドがあった。

「じゃあ、そこに座れよ」アックンは端に倒れていた教室で使っているような椅子をあむんぜんに勧めた。あむんぜんはそこに腰掛けると心配そうに俺とアックンの顔を見上げた。

「ひどいことしないでよ。僕だって自分で見たことなんかないんだから……」

「大丈夫……大丈夫。何もしないよ、見るだけ」

「約束だよ」

「約束、約束」

「じゃあ、指切りげんまん」

「はいはい」

俺とアックンはあむんぜんの細長い小指を握って〈指切り〉した。

それから、あむんぜんは〈ちょっと離れて〉と云った。云う通りにすると奴は自分の頭に手を入れた。何か、カチカチ乾いた音がすると、あむんぜんは両手を膝の上に置いた。西日が部屋の埃をキラキラさせていた。

「いいよ」

あむんぜんが云ったけど、すぐには動けなかった。

「いいよ。見て」

先にアックンが動いた。アックンは、あむんぜんの後ろに回ると俺を手招きした。

近づくと、あむんぜんが髪の毛を摑んで頭の皮を剝いだ。

「わっ」俺たちは一瞬、ビビった。でも、それは皮じゃなくて〈かつら〉だった。

「どう？　どうなってる？」あむんぜんが上目遣いに訊いてきた。

なんだか見たこともない〈丼《どんぶり》〉があった。おふくろが機嫌の良い時（つまり親父に殴られたりしていない時）に作ってくれる甘エビが一杯入った海鮮丼にも似ていたし、大《おお》笊《ざる》に盛った手作り豆腐にも似ていた。肌色の毛がうっすらと生えている頭の〈お鉢〉の内側に透明な膜が被さっていて、あるはずの骨がない。透明なビニールみたいなのの奥に桃色のデカイ果肉が詰まっていた。

「なんかすげえな」

「うん。なんかすげえ」アックンの言葉に俺はそう応えた。

「どうすげえの？」あむんぜんが訊く。

「なんかすげえ」アックンが唾を呑んだ。

「これ、蓋とかないんだ」

俺はふと桃色の上を押してしまったんだ。

すると〈はうあ〉とか〈ぎじゃっ〉って、あむんぜんが叫んだ。

アックンが飛び退《の》いた。

あむんぜんの躰が震えていた。

「あ！　はっ！　どうしよう！」

俺は半べそをかいた。

「俺、しらねえ。俺、しらねえよ！」アックンは部屋から逃げだした。「知らねえよ！」

「ええ？　ええ～！」

俺はがくがくしているあむんぜんの手から、かつらを掴むと頭の上に載せた。でも、何か留め金があるみたいで、ただ頭の上に載せただけのかつらは、もずくのように頭の上をずり落ち、顎の下辺りで止まった。あむんぜんは白目を剝いて口の端から泡が漏れていた。

「あむんぜん！　しっかりしろよ！　あむんぜん！」

俺は頬を挟み、叫び続けた。

すると突然、白目がもとに戻り、震えが止まった。

奴の視線が急にパッとまとまった。そして手を前に伸ばすと涙をはらはらとこぼしながら「……さん」と呟いた。

「あむんぜん！」

俺は肩を摑んで揺さぶった。

すると、あむんぜんはハッと我に返った感じで「なんだ」と、すごくつまらなそうな声を出して、辺りを見回した。

「なんだじゃねえよ。大丈夫なのかよ、おまえ」

あむんぜんは「あ～あ」と項垂《うなだ》れた。かつらが落ちたのに奴は拾わなかった。

俺はかつらを拾い、埃を払った。かつらは思ったよりも重く、内側には樽色《たるいろ》の硬い革の蓋が付いていた。

「ほら。もう行くぞ」

俺は半ば怒りながら、あむんぜんにかつらを押しつけた。奴は〈ああ〉とか〈うん〉とか云いながら受け取ったけど、まだ夢を見ているような感じだった。

俺は、また痙攣が始まるんじゃないかと思って気が気でなく、立とうとしないあむんぜんにイライラした。

「おまえなあ……」怒鳴ろうとしたけどできなかった。

あむんぜんは泣いていた。静かに涙が溢れていた。

人がこんな風に涙を流すのを俺は見たことがなかった。

「……おかあさん」

「え？」

あむんぜんは自分の前を指差した。「おかあさんがいた。そこに……」

俺は少し暗くなりかけた部屋の中を見回した。

「おっかねえこと云うなよ。おまえのおふくろ死んでんじゃん」

あむんぜんは頷いた。

「でもね。ちゃんといた。大きくなったね。頑張ってるわねって……云ったんだ」

あむんぜんは、そこでまたぶわっと泣いた。

c

それからどうして俺が、あむんぜんと〈脳大陸発見〉を目指すようになったかというのには、まだ少し時間が掛かる。

翌日、学校に行くとアックンが様子を訊いてきた。俺は先に逃げたことに文句を云った後、あむんぜんがおふくろさんと逢ったと云って泣いたことを話した。アックンは腕組みしながらそれを聞き、〈やべえな、やべえな〉とくり返した。

「それ絶対に、脳味噌《のうみそ》のどこかが故障したんだぜ。おまえが押すから」

「そんなに強く押してないよ。ぐっとしただけじゃん」

「ぐっとだけでも駄目なんだよ。目玉なんかぐっとしないだろ」

「そりゃそうだけどさあ。しょうがないじゃん。やっちゃったんだから」

アックンは、あむんぜんはヤバいから放っとくことにしようと云い、俺も同意した。

その日は部活をする気がせず、フケることにした。

いつも立ち読みする本屋に向かっていると〈やまP〉と声がした——あむんぜんだった。

「なんだよ。誰かに云い付けたのかよ」

「違う違う。ちょっと相談、相談」あむんぜんはニヤニヤしていた。


アムンゼン靴店はレゴブロックの隙間みたいな細い路地を曲がった奥にあった。ほとんどの店は昼間はやってないのか、そのまま潰れちまっているのかシャッターは閉めてあり、腐った魚の臭いがするし、おまけに地べたはべたべたに濡れていた。両脇と真ん中に棚を置いた狭い店だった。その奥の片隅に囲いがあってそこで親父さんがちまちま靴を繕《つくろ》っていた。俺は親父さんに挨拶し、中に上がった。すぐ台所があってテーブルの上には新聞やら蠅帳《はいちょう》を被せた魚の皿や漬物やらがあった。

隅に恐ろしく急で細い階段があり、上がった正面に扉が付いていた。そこが、あむんぜんの部屋で四畳半に万年床が敷いてあった。シールがべたべた貼ってある学習机の前にキャスター付きの椅子があり、奴はドアに鍵を掛けてから、布団の上に座った。

「俺しらねえぞ」

「大丈夫。何があっても、やまPのせいにはしないから」

あむんぜんはそう云って、かつらを外した。またあの〈脳味噌丼〉が丸見えになった。

「これ使って」あむんぜんは割り箸を二、三本ゴムでまとめたものをくれた。「指よりポイントがわかり易いでしょ」

「ほんとにいいのか？　俺、マジでしんねえからな」

「大丈夫。僕、おかあさんに話したいことが一杯ある」

そう云うと、あむんぜんは目を閉じた。

背後に立った俺は〈海鮮丼〉を見つめた。なんだか昨日よりもはっきり見えた。真ん中で大きくふたつに分かれた薄桃色の塊は狭いところに押し込められた魚みたいだったし、蕪《かぶ》の漬物みたいでもあった。時々、赤いものがシュッと走る。指でそっと触ると温かかった。

「じゃあ、軽くな」俺は昨日、触れたところを箸で押した。「どうだ？」

「ううん。なんともない。もう少し強く押して」

「こうか？」

俺は透明な皮が凹《へこ》む程度に力を入れた。内側の白子が逃げるように、たわんだ。

「だめ……もっと」

「もっと？　これ以上はヤバイだろ。別のとこを押すぜ」俺は時計で云うところの七時の辺りを押した。「どうだ？」

「……だめ。全然、来ない」

九時。

「全然」

二時。

「全く」

俺は縁《ふち》から少し奥を押すことにした、が、三時と一時もダメだった。

「なんでかなあ」俺はぼやいた。

その時、なにか表面を掠《かす》めるように光が走った。

薄い青光りだったけど、フラッシュみたいに強い光だった。

「ねえ。ちゃんとやってよ」あむんぜんが不満げに云った。

「わかってるよ」

俺は光った場所を押してみた。

ガタンと凄い音がして椅子がドアに激突し、倒れた。キャスターが音を立てて回り、俺たちはそれが止まるまで口が利けなかった。

「……なんだ……いまの？」

あむんぜんが首を振った。「しらない……」

俺は椅子を起こした。紐《ひも》も付いていないし、あむんぜんがしたとは思えない。

「いま、動いたよな」

「動いた。すごく動いた、バーンって」

翌日、俺はまたあむんぜんの部屋にいた。昨日は椅子がバーンって弾《はじ》けたので俺はげっそりし、そのまま帰ってしまったのだが、夜中に親父がまたおふくろを殴り始め、明け方まで、がたついてよく眠れなかったので気分がくさくさしていた。あむんぜんが、またやってきて「今日も御願い」と云った時には「いいよ」と答えていた。

「いいか？」その日はフェルトペンで変なことが起きたところをチェックすることにした。既に二カ所、あむんぜんの脳味噌の透明カバーには『母』『イス』とマークしておいた。

俺は時計回りに十二時、三時、六時、母、九時、イスと押した。が、何も変化はなかった。

「ちゃんとやってる？」ほうじ茶を飲みながら、あむんぜんが云う。互いの表情が見えるように、布団に胡座《あぐら》を掻いたあむんぜんの前には全身ミラーが用意してあった。俺はポテトチップを囓りながら「やってるよ！」と云い、さっきから脳の上にチップの屑がぽろぽろ散っているのを無視していた。

「汚いなあ。なんかこぼれてるじゃん」

「いいだろ。ちゃんと袋被ってるんだから」俺は脳味噌に顔を近づけるとフーッと息を吹いて屑を飛ばした。

「ああ〜すずしい〜って。そんなことないよ！　やめてよ、汚いから」

その時、オレンジ色の光が見えた。

「あ、なんか出た！」俺はそこを箸で押した。

念のために少し力を入れてグイッとやったのを憶《おぼ》えている。

「どうだ？」

あむんぜんは首を振った。「なにも」

「ほんとかよ。なんかあんだろ……」

と、云い終わらないうちに壁の辺りがパッと明るくなったんだ。

壁のカレンダーが燃えていた。障子が燃えるように勢いよく下のほうから炎を巻き上げていた。俺が枕で叩《はた》き落とし、あむんぜんがタオルケットを載せて踏み消した。

部屋の窓を開け、煙を逃がす。俺たちは顔を見合わせた。

d

「だからな。此処と此処なんだよ」俺とあむんぜんは〈すてばち〉で白い紙を前にして話し込んでいた。〈すてばち〉は、ラーメン屋だがコーヒーも出すし、店主がやる気がなく、客もいないので俺たち中学生がたむろしていても何も云わなかった。

「此処が、おまえのおふくろ、これがイス、これがカレンダーだよ」俺は、あむんぜんの脳味噌をおおざっぱに描いた上にバッテンを付けて云った。

「とすると、何か光った時に超能力が出るんだね」

「おまえ……チョーノーリョクってさ。一回や二回出たぐらいで威張《いば》ンなよ」

「威張ってないよ。事実じゃん」

「わかんないだろ。何かショートした電気が飛び火したのかもしんないじゃん」

「イスは？」

「あれも帯電した磁気がこじれて爆発的に動いたんだよ」

「なによ、そのこじれた磁気って」

「しんねえよ。理科2なんだ」

「僕は5だよ。あれは断然、超能力だ。いや、もし人類みんなが持っているんだとすれば超能力なんかじゃない。気づかれていないスーパー潜在能力だ」

「やっぱり脳なんか押すもんじゃないな。おまえ、いかれてるよ」

あむんぜんは、俺を真っ正面から見つめた。

「ほんと？　ほんとにそう思ってる？　やまＰ」

俺は目を逸らした。思っていなかったからだ。内心ドキドキしていた。テレビでスプーン曲げたり、映画やマンガで火を点《つ》けたりする超能力者なら見飽きてたけど、当たり前のことだけど生は初めてだし、なんか〈すげえ〉って感じもあった。知り合いが突然、有名人になったみたいな。でも、それをはしゃぐのはダサイって思って自分を抑えてるような。正直云えば、あむんぜんが俺以外の奴と実験を続けるって云い出すのが一番怖かった。

「まあ、でも、スゴイは凄いよな」

あむんぜんの顔がパッと輝いた。「ほんと？　ほんとにそう思う？」

「ああ」

「ほんとのほんとだね？」

「ああ、ほんとのほんとだ」

あむんぜんは、ニンマリと笑うと「それでね」と続けた。

「やまPはアムンゼンって知ってる？」

「おまえのことだろ。って云うより、おまえの実家」

「ノンノン。それは親父が名前を借りてるだけ。本当は探検家なんだ。南極点をスコットっていう人と競争して先に見つけた人。親父はそんな人たちにも買って貰えるぐらい頑丈ですよって云いたくて〈アムンゼン〉にしたんだ。でね、僕もそれに倣《なら》うことにしたんだよ」

「アムンゼンになるのか？」

「うん」

「そうか。じゃあ、頑張ってな」席を立とうとすると、あむんぜんは慌てて腕を摑んだ。

「ダメだよ。僕ひとりじゃできない」

「だって俺、探検なんて興味ねえし。寒いとこや、暑いとこ嫌いだし。おまえ、頭がおかしそうだし」

「違う、違う。僕たちが極めるのは此処さ」

あむんぜんは自分の頭を指差した。

「此処で何が起きるのか。地図を作ろう」

なにを莫迦なと思ったが、あむんぜんは本気だった。

「きっともっともっと凄いことが起きるよ。やってみようよ！　他の誰にも頼めないよ。やまPしか。御願い！」あむんぜんは手を合わせた。

で結局、俺は俺自身の好奇心もあって、あむんぜんのアムンゼンを手伝うことにした。但《ただ》し、ルールも決めた。一日一回にすること。俺以外の人間には触らせないこと。それと、おふくろさんが出てきたら止めるということだ。

あむんぜんは不服そうだったけれど、元々、奴のおふくろさんが出てきて始めたものだから、それで終わるのが良いと思った。いつまでも弄《いじ》ってられるものでもないし、俺だって他に青春的にやりたいこともある。あむんぜんは納得し、翌日から俺は奴の部屋に出かけるようになった。

「やまP、超能力にはね。念力、発火の他にテレパシーとかテレポート、予知や透視があるんだよ。まだまだあるねえ」

「あるねえったって、思い通りに出せなきゃしょうがないだろ。行き当たりばったりじゃ駄菓子屋のガチャポンと変わんねえじゃん」

その日は前日に電気スタンドの柄が曲がったのを受けて、もう一度〈念力ゾーン〉を探してみようということで、あちこちを突いていた。でも、感触は今ひとつだった。

「ねえ。まだ光らないの？」

「俺に文句云うな。おまえの脳味噌だろ」

「そんなこと云ったって、僕には見えないんだから仕方ないよ」

昨日も青い光が一瞬、灯《とも》った。俺はそれを逃さずポイントを押すとベギンっと音を立てて、あむんぜんの机の端に固定してあるスタンドが曲がったんだ。俺は奴に光の色と能力の関係については説明しておいた。

問題は奴が好きな時、好きなように発光できないことだった。俺たちはこんな感じでいろいろとゆっくりと試していた。あむんぜんの脳のカバー（？）には、〈スタンド〉

とか〈電池〉（あむんぜんは電池もふたつに折っていた！）とか記入されていく。

ある時、あむんぜんがケラケラ笑いだした。どうしたと訊くと全然、答えないんだ。で、俺が焦《じ》れて怒ると、奴が「怒らない？」って訊くから「怒んねえから早く云え！　なにがあったんだ」って云ったら、俺を指差して、

「やまP、今日はノーパンデーなんだね」って噴き出しやがった。

俺は「ふざけるな！」って喉まで出かかったけど、その日はおふくろが殴られ続きで横になったまま洗濯をしてなかったんだ。仕方なく使えそうなのを選んでたんだけれど、どれもこれも臭いが酷くてパンツ穿《は》かずに出てきてたんだ。

「くそ～」俺がぶすぶす焦げ付いていると、奴はなにやら思いついた感じで立ち上がり、そのまま通りに出ると暫《しば》く、通行人を見ていた。タコが解《ほど》けたような変な面《つら》だった。

「おまえ、透けて見えるのかよ」

「うん」奴は目の前のＯＬから目を離さない。

「あれは？」俺はバスから降りたばかりの黒いスカートの女を指差した。

「うん。すごいすごい」

「あっちは？」胸のデカイ女子高生を指差す。

「くはっ」

「あれは」俺は腹がとろけそうになった親父を指差した。

「げぇ。なにすんだよ」

「あっははは」

それから、あむんぜんと俺は電気屋の前に行った。ＣＭが流れ、アイドルが笑っていた。

「ちくしょう……」俺は画面に見入っているあむんぜんが羨ましくて呻き声が出た。

「だめだ」あむんぜんは不意に呟いた。「機械の中身しか見えない」

俺たちはもう一度、バス停に戻ろうとしたが、その途中で〈透視〉は消えてしまった。

「俺にもできねえかなあ」

部屋に戻って〈エロ〉と脳カバーにマークを書きながら俺はぼやいた。「おまえだけズルイよ。あれで学校行ったらクマサカとかナイトウとか見放題だったじゃんか」

「あぁ！」あむんぜんは大声を出した。「ほんとだ！　ちっくしょう！　やまP、もう一度やってよ！」

「ダメだよ。一日に一回って決めただろう」

「なんでだよ。御願い！　一生の御願い！　まだ部活やってんじゃん。タクシー乗れば間に合うじゃん！」

「莫迦じゃねえの。タクシーって」俺は笑いながら〈エロ〉を押したけど何も起こらなかった。

実はこの頃からあむんぜんの脳味噌は色が悪くなっていた。最初に見た時はきれいなピンク色だったのが、今は完全に真っ白になっていたし、ところどころが茶色っぽく変色していた。俺は心のどこかでそろそろ止めなくちゃと思っていたんだ。

その日はちょっと変わったことがあった。

店を出て暫くすると「あんた」と声を掛けられたんだ。

あむんぜんの親父が立っていた。

げっ、と思った。俺が息子の脳味噌を弄くっているのがバレたんだ。

あむんぜんの親父は一日中、背中を丸めて仕事をしているせいだろう、酷い猫背で俺とあまり変わらない身長に思えた。

「お腹《なか》、減ってるでしょ？」親父さんは腹の辺りに手を当てた。

「いえ。別に」

「蕎麦《そば》でいいな」親父さんはそう云うと、さっさと〈チョウジュアン〉に入ってしまった。

親父さんは親子丼をふたつ頼んだ。「親子丼でいいな」

「はあ」

俺はおばちゃんの持ってきた温《ぬる》いお茶をひと口飲むと、茶碗《ちゃわん》の中の苔《こけ》のような色をした液体を眺めていた。そのうちに親子丼が運ばれてきた。

「食べなよ」

「すんません」俺は箸を取って、もそもそ食い始めた。

腹が減ってるはずなのに旨くなかった。

「あのさ。いつも倅《せがれ》の部屋で何をやってんの」

きた！　と思った——俺は黙っていた。

「なんか、あいつ最近、すごく楽しそうなんだよ」

「え？」

「そうなんだ。あいつ、俺のせいで家族を亡くして、躰もガタガタになっちまって……。

俺も巧いこと云えなくて……ずっと暗かったんだ……ありがとな」

親父さんは丼を置くと、俺に頭を下げた。

「これからも仲良くしてやってくだされ！　あんたとなら友だちになれそうだ。頼む」

俺はただ頷き、丼飯を掻っ込んでいた。

e

二日ほど、あむんぜんの家に行かなかった。

理由はなかったけど、なんとなくひとりでふらふらしていたかった。

駅前のゲーセンで時間を潰して、マックに行って、それから土手で寝転んだ。サイクリングやマラソン、野球をしている人を見て過ごした。

おふくろが赤ん坊の頭ぐらいあるハンバーグを作ってくれた。

親父が出張でいなかったんだ。

ひさしぶりにおふくろとくだらない話をして笑ったりした。

f

その日は紫色の光が出た。

位置は〈脳丼〉の六時三十分、左下の分野だ。

俺がそこを押すと、あむんぜんが〈すっ〉と大きく息を吸った。

その頃は自分でも、かなり押す力の加減が摑めていて、普通に考えているよりも強く押せることもわかっていた。箸の先を一センチほど埋めたところで、奴が息を吸い込んだんだ。

「どうだ？」

「うん。ないな」

あむんぜんの反応は薄かった。その頃の脳カバーには、あちこちにマークが書いてあり、なんだか汚くなっていた。

「ほんとか」

「ああ」

「確かに光ったのになあ……。じゃあ、次」

俺が別の箇所を探し始めると、あむんぜんが「待って」と云った。

「透視か？」

奴は首を振った。

やがて、ハッとして「何時」と云いながら、そそくさと、かつらを着け始めた。

「なんだよ？　どうしたんだよ？」

「来て！　来て！」

あむんぜんは立ち上がり外に出た。

「なんだよ？　どうしたんだよ？」

あむんぜんは「いいから、いいから」と前を歩いて行く。しかも少しずつ歩き方が速くなって、終《しま》いには逃げた時みたいに駆け始めた。

「おい！　待てよ！　あむんぜん！」

そして学校の裏手にある交差点で立ち止まった。

「なんだよ。教えろよ！」

あむんぜんは答えず、ジッと手前を睨んでいた。

信号は赤で横断歩道の向こう側に五歳ぐらいの女の子を連れたおばさんがいた。その後ろはクリーニング屋と中華料理店で、丁度、岡持《おかもち》を手にした店の人がバイクで出前に出かけるところだった。市営バスが目の前を横切る——と、突然、何かを捻《ね》じ切るような異様な音が響き、白いバンが突っ込んだ。信号待ちをしていたおばさんの躰がぐるんと宙を舞い、クリーニング屋の自動ドアに激突した。車は信号機にぶつかってクラクションが鳴りっぱなしになった。運転席の男が前屈《まえかが》みになったまま動かない。人が飛び出してきて、おばさんと脇で泣いている子どもを囲んだ。

俺も反対側へと渡った。

おばさんは目を閉じたまま動かない。女の子に中華屋の人が「どこの子?」と尋ねているが、泣きじゃくっていて返事にならなかった。

道路の向こうで、あむんぜんが微笑んでいた。

「おい、知ってたのかよ」俺は奴のもとに駆け戻った。「こうなること。わかってたのかよ!」

「うん。頭に浮かんだとおりだった」あむんぜんは爪を嚙みながら頷いた。まるで笑いを嚙み殺しているような顔だった。

「ふざけんなよ……おまえ……ふざけんなよ!」俺はあむんぜんの胸を突いた。

奴は尻餅をつき、驚いた顔で俺を見上げた。

「なにすんだよ。やまP」

「ふざけんなよ！　なんで止めねえんだよ！」

「止めるって何を？」

「あれだよ！」俺は道路の向こうで中華屋の人に抱かれている女の子を指差した。

「だって……それじゃ、実験にならないじゃん」

「おまえ、人が死んでるかもしれないんだぞ」

「やまP、僕がやったんじゃないよ。やったのは自動車だ」

「云えよ！　教えて！　逃げろって！　なんで云わねえんだよ！」

「そんなこと云ったって信じるわけないじゃん」奴は立ち上がると服の汚れを払った。

「そんなこと関係ねえだろ！」

「教えたことで何も起きなかったらどうするの？　車も突っ込みさえしなかったら。そしたら、僕たちただの変な中学生だよ……やまP、未来を変えるってそういうことだよ、無知だね……あははは」

　俺はあむんぜんの顔を殴った。救急車のサイレンが聞こえてきた。

「なにするんだ」

「もうやめる。おまえ変だ」

あむんぜんはクスクス笑い出した。

「わかってるよ、僕。わかってる。やまP、あれでしょ」

「なんだよ」

「羨ましいんでしょ……僕の力が」

「最低だな、おまえ」

俺はそう吐き捨てると駆けだした。

g

それから一ヶ月ほどすると町の掲示板や看板が燃やされるという〈いたずら〉が起きた。警察は悪質だとして捜査を始めたと朝礼で校長先生が云っていた。

犯人は、あむんぜんだと思った。が、俺はそれを口にはしなかった。云ったとしても信じて貰えるとは思えなかったからだ。

ある朝、いつも通る児童公園に人だかりができていた。

近づくと〈信じられねえ〉とか〈どうなってるんだ〉と云い合う大人の声が聞こえた。掻き分けて前に出ると、滅茶苦茶に丸められた大きな鉄の籠があった。籠の根元にはコンクリートの基部が土の中から抉れて浮いていた――昨日まではジャングルジムだったものだ。

教室に着くとアックンが困ったような顔で近づいてきた。

「やまP、あむんぜんの脳味噌、突っついてたんだろ」

俺はすぐには返事をしなかった。

「あいつ、やまPが離れた後、俺のところに手伝ってくれって云いに来たんだ」

「やったのか」

「ううん。俺はそんなオッカネエことできねえから……」

アックンは俺の目を見つめ「マギーに」

「え」

マギーというのは兄貴がヤクザだという噂の不良だった。

「あいつ、面白がっちゃって。最初は俺も立ち会うというのが約束だったのに。最近は勝手にあむんぜんを呼び出して実験してるみたいなんだ」

「あむんぜんはどうしてるんだ？」

「もう半月も学校来てないぜ。おまえ、知らなかったのか」

俺はあれから、あむんぜんを避けていた。時には俺の教室の近くで見かけることもあったが、無視していた。だから、そのうち姿を見なくなっても気にしなかった。

「あいつ、なんだか顔色も悪くなって……死んじまうんじゃないかな」

「いま、どこにいる」

「あそこだよ。コーカンの廃墟。マギーはいつもそこでやるんだ。いまもやってるはずだ」

俺は学校を飛び出した。


雑草を押し退けながら玄関に入ると真新しい靴跡があった。

「あむんぜん！」

俺とアックンは端から、あむんぜんを探して回った。

すると食堂の方から声がした。見るとあむんぜんが椅子に縛られていた。

「やまP！」

あむんぜんのかつらは床に捨てられていた。

「ごめんね。ごめんね」あむんぜんは俺の顔を見ると泣いた。

頭のビニールは、あちこちがべこべこに凹んで、変な記号が真っ黒になるほど書き込まれていた。脳全体が褐色になり、あちこちがどす黒く変色もしていた。

「大丈夫か、あむんぜん」

俺は縛ってあるロープを解いた。

「どうして親父さんに云わなかったんだよ」

「云えないよ。学校で殺されちゃうよ。だから、僕、友だちだって嘘ついて……」

「とにかく出よう」

俺がロープを床に捨てた途端、横に居たアックンがばたりと倒れた。ガランとバットが放り出された。マスクを付けたスケ番が俺を睨んだ。

「なにやってんだ、おめえ」マギーの顔が目の前にあった。

次の瞬間、顔の真ん中で花火が爆発したようになって、真っ暗になった。


気がつくと俺とアックンは床に転がされていた。

マギーの子分が俺たちにバットを向けて立っていた。

あむんぜんは椅子に座らされ、マギーがその後ろに立って、剝き出しになっている脳味噌に指を差していた。「どれにしようかな……天神様の云う通り……なのなのな！」

その途端、奴は俺が使っていた箸をあむんぜんの頭に押し込んだ。

「むぎぃ」あむんぜんの悲鳴が聞こえると廊下の窓ガラスが次々に吹っ飛んだ。

「おお！　すげぇ」マギーと子分達が興奮して喚いた。

「もっとやれよ！」

マギーが他を押す、あむんぜんが悲鳴を上げる。が、何も起こらない。

「てめえ、休んでんじゃねえよ」マギーが、あむんぜんの顔を叩いた。

そしてもう一度、頭を突いた。

すると、あむんぜんの躰が、がくがく痙攣を始めた。

「やめろ！　よせ！」

「うふふふ。止めるかよ。こんな面白いの」

「死んじまうぞ」

「いいよ別に。俺ら罪には問われねえし」

「莫迦！」

ドスッと胃袋の辺りが蹴り上げられ、俺は反吐《へど》をはきながら転げ回った。胃が破けるようだった。

アックンは何も云わず、怯えたままジッとあむんぜんとマギーを見つめていた。

「どうだ？　なんかあったか、ハゲ！」マギーが叫んだ。

あむんぜんは強く頷いた。

「おかあさんが……おかあさんがいた……」

あむんぜんは〈おかあさん〉ともう一度、叫ぶといきなり立ち上がった。屈み込んでいたマギーの顔面に頭突きを叩き込む格好になった。

不意を突かれたマギーは仰向《あおむ》けに引っ繰り返り、尻餅をついた。

「だっせー！　マギー！」スケ番が大笑いし、子分たちも笑った。

マギーが、ふらふらしながら立ち上がるとあむんぜんに近づいた。

まだ、あむんぜんはおふくろさんと逢っているのか、笑みを浮かべていた。

「てめえ……なめんじゃねえよ!」マギーは、あむんぜんの頭を脇に抱えると箸を思いっきり突っ込んで搔き混ぜた。

身の毛もよだつような悲鳴が室内を圧した。

全員が顔色を失った。

マギーが、あむんぜんを殺したと誰もが思った。

が、そうではなかった。

「え」

最初にそう云ったのは、あむんぜんを捕まえていたマギー自身だった。

「なんだこれ……」

奴はそう云って両手を開いた。空っぽの制服がぱさりと床に落ちた。

「マジ」スケ番が呟いた。

誰もが見たことを信じられなかった。

あむんぜんがいるはずの場所には、中身のない服と靴だけが残っていた。

「うわあ」子分が悲鳴をあげて逃げ出すと、俺以外の全員が駆け出して行った。

俺は抜け殻のような服を手にした。

遂に、あむんぜんはテレポーテーションしちまったんだ。

h

あむんぜんが行方不明になってから四ヶ月が経った。

マギーは勿論、アックンも見たことを話さなかった。

俺は警察に正直に話したが、刑事は二、三度、咳き込み、暫くして「君、山下銀次の息子さんだってね」と薄笑いを浮かべて尋ねると「なにかあったら訊きに行くから帰っていいよ」と云われ、それっきり刑事は姿を見せなかった。

スポーツ新聞に〈現代の神隠し〉とか書かれたそうだけれど、俺には興味がなかった。

あむんぜんは、今頃どうしているんだろう。もしかしたら、南極やヒマラヤに突然、裸で出現してそのまま死んじまったんじゃないかとも思った。


卒業を二ヶ月後に控え、推薦入学の決まった俺は、真面目に授業を受ける気がせず、午後は大抵、保健室でフケていた。

保健室のミズノ先生は子どもを産むまでは普通に授業を受け持っていたらしい。前に理科を教えていたと聞いていたので、ちょっとだけ質問してみた。

「やまP、仮病でしょ。だめよ。仮病癖」

先生は困ったような顔をしたけれど、追い出すつもりはなさそうだった。俺は少し前に親父がおふくろをサンドバッグ代わりにしていて、いつか殺すかもしれないと相談したことがあった。その時、みずッチは俺にわからないように少し泣いた。俺はそれを見ていた。

「みずッチ、超能力って信じる？」

「どうしてそんなこと訊きたいの」

「なんとなく。みずッチ、そういうの信じる？　それとも莫迦みたいだって思う？」

みずッチは「うーん」と云いながら、小首を傾《かし》げた。長い髪がさらさらと白衣の上を滑って机に落ちた。「否定はしないかな」

「どうして。絶対に他の先生なら莫迦って云うぜ。ホリウチとか」

「そうかもね。でも、何かが〈あるかないか〉なんて、本当は誰にもわからないものよ。今から数百年前には細菌がいるなんて誰にもわからなかった。ある種の病気は悪魔の仕業とか思われていたのよ。それがウイルスのせいだってわかったのは顕微鏡や測定器が発達したから。もしかしたら、そういった力も今は測定できないだけで、うんと後になったら解明できるかもしれないじゃない……だから、あたしは否定しないの」

ふーんと云いながら、俺は頭の中であむんぜんとの実験について思い出していた。

「なら念力とか。自然発火とか透視とか」

「あるんじゃない」

「テレパシーとか予知とか」

「うんうん。あってもいい」

「テレポーテーションも」

そう云うと一瞬、みずッチの顔に困惑が湧いた。「う〜ん。それは難しいかも」

「なにが」

「テレポート。あれはちょっと難しい気がするよ」

「どうして」

「だって、物体が空間を移動するっていうのは考え難いな。そこにあるものと……例えば空気や何かと、ぶつかってしまうでしょ」

俺は、よくわからなかった。

「空気なんて関係ないじゃん。何にもないのと同じなんだから」

みずッチは、ちょっと笑った。「やまP、理科は2だもんね」

「関係ねえよ」

「空気だって大事よ。それに時間も」

「時間？」

「そうよ。ある物質が移動するっていうことは時間の経過が関係するでしょ。それがプラスに移動するっていうのは当たり前のことだけれど。果たしてそうかしら」

「どういうこと」

「一旦、消滅したものが再び出てくるのなら、その間の時間経過は誰が決めるのかしら。すぐに出てくるの？　それともうんと未来に？　もしかしたら過去に行ってしまうかも」

「わかんねえよ」

みずッチは「うふふ」と薄く笑い「次の授業は出なさい」と云った。


俺は授業に出る代わり、アムンゼン靴店に行くことにした。

事件以来、俺は親父さんとは会っていなかった。

シャッターが閉まっていたが、新聞受けを捲ると明かりが点いていた。俺はそこに口を付け、名乗ってから親父さんを呼んだ。暫くすると返事があり、シャッターが開いた。親父さんは爺《じい》さんのようになっていた。髪の毛は真っ白で髭《ひげ》は伸び放題、なんだか溺れた猿みたいだった。

「ひさしぶりです」俺は云ったが、親父さんは返事をせず、奥に引っ込んだ。

店に入ると、なんとも云えない酷い臭いがした。酒と肉の腐ったような臭いだった。

親父さんは相変わらず奥の囲いの中でトンテン何かを作っていた。

　俺は顔を顰《しか》めながら、近づいた。

　なんだか頭に被れそうな大きな棘《とげ》のある革靴を親父さんは、ヤットコで引っ張っていた。脇にはチューハイの缶が山になって転がっていた。

「それは空を飛べるんだ」

「え」

　親父さんは脇に転がっていた西瓜《すいか》のオバケのような靴を指差した。

「コレは死んだ者に逢える靴だ。もうすぐ完成だ……な？」

　親父さんは顔を上げた。目が真っ黄色で濁っていた。

　その時、俺は臭いの元がわかった。親父さんのズボンは糞塗れだった。

「あんたにも作ってやるよ」親父さんはそう云うと水下痢のような屁《へ》をして、殆ど残っていない歯で笑った。

　俺は頭だけ下げると店を出た。

i

　卒業式の日、証書を貰い体育館の席に戻ると隣にマギーが座っていた。

「よう」担任はマギーがすることに気づいていたが、式本番のトラブルを怖れて無視しているようだった。

「おまえさ。あいつのことペラってるんだって。誰があそこに居たとか」

「ペラってるわけじゃないよ。ただ見たままを説明しただけだ」

マギーが人差し指で俺の鼻を弾いた。痛みで俺は顔を押さえた。

「生意気云うな。俺、卒業したら正式に杯貰《さかずき》うんだ。おまえなんか潰しちまうぞ。だから、絶対にあのことは内緒にしろ。わかったな」

俺は頷いた。

あむんぜんのクラスの卒業証書授与が始まった。予行演習では学級委員が奴の代わりに証書を受け取ることになっていた。あむんぜんの親父は二日前店でボヤを出し、救急車で運ばれ、入院していた。

「あむんぜんの親父も災難だったよな。ああいうのは気を付けても気を付けられないらしいぜ。いつ、誰の家が燃えてもおかしくない御時世だ」マギーが俺を見て意味ありげに笑って見せた。「放火の専門家ってのもいるみたいだ。絶対に警察にも消防にもバレない方法で火事を起こせる奴らが。あ、あむんぜんの事じゃないぜ。奴はもう此の世には居ねえだろうから」

マギーは俺の脇腹を一本拳で突いた。ゴリッと厭な音がし、俺は激痛に呻いた。

「舐《な》めてるとマジで消すぞ。わかったか」

「……わかったよ」

　俺は頷いた。

　マギーは携帯を取りだすと俺に画面を見せた。ポルノみたいだった。裸の男が何かを咥えている——アックンだった。

「あいつは昨日、誓った。その時、奴にチンポをしゃぶらせてやったんだ。もし、何かバレたらこれをネットに流してやる。次はおまえだ。式が終わったら校門で待ってろ。アニキが車で待ってる」

「俺……なにするの」

「誓いだよ。誓い。同じ事をして貰うのさ。まあ、俺のをサクッとしゃぶれば良いよ」

　マギーはそう云うと臭い息を俺に吹きかけた。

「俺は厭だよ。なんでそんなことしなくちゃなんないんだよ」

「じゃあ、此処で抉ってやろうか」

　俺は脇腹に痛みを感じた。マギーがナイフを当てていた。

「どうする？　俺はどっちだって良いんだぜ。ムショに行った方がハクが付くからよ。中坊で卒業式に逮捕されるなんて丸っきり勲章だからな」

　俺は頭が真っ白になった。マギーならやりかねないと思った。

　見るとアックンが青い顔でこちらを見ていた。

「返事しろ」

その時、先生の声で、あむんぜんの名前が呼ばれた。

担任が、あむんぜんが行方不明になっていることなどを簡単に説明し始めた。

「あの莫迦が。最後の最後まで人に世話焼かせやがって……ごほっ」

マギーが咳き込んだ。

「ぐへっ、ごぼっ、うぎぃ」

咳は激しくなり、余りのひどさに俺が背中をさすったが、止まらなかった。

周囲がざわつき始め「静かにしなさい！」とマイクの声が響いた。

「うわわああ」マギーは顔面を真っ赤にさせ、床でのたうち回り始めた。パイプ椅子が蹴り倒され、周囲の生徒が立ち上がる。

「何やってんだ！　おまえたち！」

教師が数人駆け寄り、暴れるマギーを取り押さえようとした。が、大の大人が弾き飛ばされた。

「きゃあ」女子の悲鳴が上がった。

マギーが口から血を吐き始めたのだ。取り押さえようとした教師にそれを振りまくように奴は尚《なお》も回転した。

「救急車！　救急車！」

ひときわ躰のごつい体育教師が押さえ込みながら、叫んだとき、一瞬、マギーの躰が停止した。そして〈ぐぎぎぎ〉と喰い縛った歯の間から息を漏らした。

ボギャッと破裂したような音がするとマギーの緑色のTシャツが大きく内側から膨らみ、固形物が飛び散った。肉片だった。

〈あぶあぶあぶあぶあぶあぶ〉マギーが叫び続け、教師が何かを喚いた瞬間。

〈ぎゃあああああああ〉マギーは体育館中に響き渡るような断末魔を上げた。

ボクンッという感じでマギーから何かが飛び出した。

誰も口を利けなかった。

それは真っ赤な肉の塊だった。それがマギーの腹を破って出現した。

赤黒いマギーの臓物と腸を引きずりながら、這い出したそれは――あむんぜんだった。

それは確かに〈はあい〉と手を上げると、一瞬にして赤い粉になって消えてしまった。

マギーのぼろ切れになったような躰だけが後に残った。


あむんぜんの卒業証書には赤い手形が付いていた。

# 千々石《ちぢわ》ミゲルと殺し屋バイブ

い

〈一年前まで、あたしはマトモだった〉と、チチヨは思った。

いろいろなことが起きて重なってグチャグチャになってあたしはチッローの前に引っ張り出されて裸にされて、オッパイ揉《も》まれて、アソコに指を入れられてしまったけど――とにかく、一年前まではそこらで電車乗ったり、バス乗ったりしてる女と同じ――普通だったんだよ。

チッローは抜いた指を鼻先に持っていって嗅ぐと〈ヤバくね？〉と両脇にいた帽子《キャップ》をヘンテコに被ってる連中に云った。

そいつらはチッローの指を鼻に寄せて〈くっせ！　地獄〉〈ヤクマン！〉と叫んだ。

あたしのアソコが臭いと云ってるんだ。

チッローはドンペリの注《つ》がれたグラスに、チチヨに入れた指を突っ込んで洗うとキャバ嬢の差し出したオシボリで丁寧に拭った。

「おまえ、絶対にクラミジア仕込まれてんよ。これじゃ、マンコ売れねえじゃん。マジ、ヤバイじゃん。どうしようもねえじゃん」

「マンコ売るって……」

「莫迦。おまえなんか水の谷に行けるわけねえだろ。風の谷でウマシカするしかねえだろ。なあ」チッローはキャバ嬢へ頷き、キャバ嬢はニッコリした。

風俗とか全然頭になかったチチヨはチッローが当たり前のように風俗的な稼ぎを口にしたのでドギマギした。マジで？　ってのは、こっちの台詞《せりふ》だよと胸のなかで叫んでもいた。

スッ裸にされていたチチヨはテレビで見たのを思い出したので、胸とアソコを慌てた素振りで隠してみたが、誰も反応しなかった。

暗い店内にはチッローとその仲間、それと酒汲《く》み要員のキャバ嬢がふたり。店はカブキチョーのド真ん中にあるけれど海の底みたいに静まり返っていた。

「おまえ。二百も、どうやって返すんだよ」

何も浮かばない。浮かぶはずがなかった。もともと借りたのは十万。それを四回か五回。なんでそれが二百になってしまうのかマジわかんなかったけど、でもチッローは絶対に口答えを許さない感じだったし、十分ほど前におっさんがペンチで親指を切り落とされるのを見たばかりだったので何も云う気は無かった。

「警察《マッポ》にタレますか？」チッローが急に優しい口調で云った。「おまわりさんに助けて！　って。闇金の悪いキリトリに遭ってます！　って。助けてくれるぜ。そうかそうか、それじゃあ、そいつらをブチ殺してやらなくちゃなって」

チツローは左手の親指に髑髏《どくろ》の指輪をしていた。奴が動く度にそれがキラリと光った。チツローは左の眉の上から右の顎の下に掛けて深い切り込みが入っていた。ピザカッターでグリグリ刻みを入れたみたいで縁は歯抜けの爺さんの口元みたいに皺々《しわしわ》だ。そんなのがなければ結構なイケメンなのに切り込みの左右で抹茶とイチゴの二色アイスみたいに肌の色が変わっていた。傷がある側の目も本物なのか、たまに変な方を向くのでチツローは指で押し直していた。

「やっぱウンゲロっすか」帽子のひとりが云う。そいつは黒いスカジャンの背中に金で裸の女の刺繍《ししゅう》を入れていた。耳にはピアス、髪はバリカン並みに短いのに金色に染めていた。

「ウンゲロなあ。俺、あの界隈《かいわい》の奴ら嫌いなんだよなあ。チチヨ、おまえはどうだよ？ウンゲロ。一発ウンゲロってみるか？　頑張ってウンゲロるか？」

「うんげろって、なんですか？」

――というわけで、チチヨは取り敢えず借金を返すためにウンゲロをすることになってしまった。

ろ

案外、良い人だなと思ってたのは地下にあるスタジオのドアを開けるまでのことだった。

「うぐ」チツローに〈ウンゲロ〉を勧めた男は口を手で押さえると躰を曲げて嘔吐《えず》いた。

剝き出しのコンクリートの部屋が広がっていた。トラックが二、三台は駐車できそうなコンクリート製の四角い箱のなかだった。

「はい。こちらね」チチヨを迎えたチヂという男が振り返り、端へ案内するように手を伸ばした。その先にはもうひとりの小柄な男がいた。

「イノセです」そう云う男は黒い海パン一丁で、上半身の白いぶよついた躰が天井からの照明で更に白く豚っぽく光っていた。

「ザックリ説明しただけだから、よろしくね」

イノセとチヂは互いに頷き合い、チヂは出て行った。

チチヨを連れてきたタカと名乗る男はまだ口元から手を離さない。

部屋中に異臭が溢れていた。正確には異臭ではなく、それは柔軟剤の〈花のゴージャス〉であったり、消臭剤の〈デルタメコンの水〉だったり、香水の〈真夜中の按摩《あんま》〉だったりするのだろうが、とにかく単体では〈良い匂い〉なはずだが、いろいろと混じり合い、その上、莫迦げた量が撒き散らかされているおかげで鼻粘膜で臭いの粒々が乱交しているような状態だった。

「あ、臭いですよね。大丈夫ですよ。人間の鼻はとても莫迦だから。すぐに気にならなくなります」イノセはそう云って腹の肉と共に微笑んで震えて見せたが、チチヨは全く安心できず、底知れぬ〈ウンゲロ〉への恐ろしさが膝裏をゆっくりと舐め上げてくるようで胃まで痛くなっていた。

チツローはチチヨが帰宅することを許さず、タカにスタジオへ直接、送るように命じたのだった。タカはボディが凹んで錆《さび》の浮いた哀しげなライトバンにチチヨを突っ込むとそのままナスへ向かって徹夜で走ってきたのである。ふたりは途中、コンビニで食べ物をもそもそと無言で噛み、飲み下し、そのままやってきた。運転中ずっとタカはイヤフォンでシャカシャカいう音楽を聴き続けていたので、本当に会話はなかった。

イノセはふたりをスタジオの隅にある長テーブルに座らせた。

「ちょっと両手見せてくれる？」

彼はチチヨの長袖を捲ると腕を眺めていた。

「ああ、切ってないね。あなた、自殺未遂とかやってる？　精神科に通ったことは？」

「いいえ」

「昔、お父さんや親戚なんかに強姦されたことある？　デートレイプとか？　痴漢とか？」

「ないです」

「ドラッグは？　シャブ打ったことは？」

「ないです」

「親戚、兄弟にアッパッパ〜や人殺しはいる？」

「いないです」

「もちろん、ヤクザも」

「いません」

「じゃあ、大丈夫みたいだね。今回は上玉ジャン、タカさん」

「上玉っつったって。この顔に腹ですよ」

するとイノセは笑って手を振った。鼻が詰まっているような声だった。

「顔、関係ないから」

「あの〜。何をするんですか」

「あ、そうそう。会員向けのＤＶＤだから。そのキャストね」イノセはテーブルの下から洗面器を拾って載せた。「此処にいろんな人が便をするの、それを美味《おい》しそうに食べるだけだから。エッチなこととかッチは全くしなくて良いから安心してね」

「え」

「ご飯と食パンもあるからね。それを漬《つ》けて食べてもオツね」

物凄い頭痛が始まりそうな気分だった。突然、照明が強くなった。

「なに？」タカが無表情のまま彼女を見下ろした。

チチヨは空の洗面器を指差した。薄い黄色、底には〈頭痛にゲロリン〉の印刷。「うんげろ？」

「ああ。ウンゲロ」

「そう。ウンゲロね。頑張ってね。二、三杯で終わると思うから。終わったら吐いちゃえば全然、大丈夫だから。みんな、そうしてるから。エッチなことは一切しなくて良いし、会員以外が見ることもないから。親バレ、彼バレ、友バレなしね」イノセはパイプ椅子に腰掛けると眉毛をマジックで書き足した。莫迦な腹話術人形に見えた。少しチチヨに向かって尻を上げると、また戻した。途端に拷臭がチチヨの鼻を撃ち抜いた。腐った餃子《ギョーザ》を食べた浮浪者の寝起きのゲップのようだった。

「げぇ」

反射的に嘔吐いたチチヨにイノセは笑った。

「あ、すびばせんね。此処では尿・便・屁の生理は無礼講なもんでね。折角だから、あなたも今のうちに慣れてみてね。わたしのなんかまだまだ。上で待機してる便ソムリエたちに比べたら……まだまだ……いやはやなんとも……まだまだ」

振り返るとタカも小さなゲップをくり返していた。チチヨは彼は自分よりも臭いに敏感なんだと思った。チチヨは中二の時、顔を上履きで踏み付けられてから、普通の人よりも鼻が莫迦になっていた。上履きの底の模様は今でもたまに夢に見る。

スタジオのあちこちでカメラを立てたり、ビニールシートで床を覆っているスタッフはみな首にゴーグルを下げ、腰に防塵《ぼうじん》マスクのようなものを吊《つる》していた。全員が同じ濃いベージュの作業服を着ていた。

暫くするとスタジオのドアが開き、どやどやと十人ほどの男たちが入ってきた。そのなかの六人はイノセ同様海パン一丁で、残りはスーツだったが防毒マスクを被っていて顔はわからなかった。

「どうもどうも。こちらです」イノセが鼻の詰まったおべっか声で近づくと海パン男たちと握手をした。歳《とし》は二十代から六十代。全員がぶよぶよと張りのない躰をし、股間だけが異様に膨らんで見えた。

「イノセさん、俺にも無いっすかね」タカがマスクを着けるフリをした。

「ごめんなさいね。あなたの分は無いのね」

「え、マジかよ。前はあったジャン」

するとスーツの男がすっと近づいてきた。「だから?」チヂの声だった。

「え」

「前あったから……何?　おまえ、ギョーシャだろ?　なに?」

「いいえ。別にイイっす」

タカはチヂに気合い負けしていた。キャバクラと車内で見せていたふてぶてしい態度は消え、〈すんません〉と云いながら頻《しき》りに頭を下げていた。

「おまえの仕事はしっかり女に糞喰わせて、イイ作品にすることだろ。側についてしっかりサポートしてやれ。しくじったら、おまえにもドンブリ喰わすぞ」

タカは黙って頷き、「おまえ、絶対に喰えよな」と云ってチチヨの腰を蹴った。「俺は糞を喰うために生まれてきたわけじゃねえんだ」

「そういう態度が、既に現場の空気を悪くしてるんだよ」

イノセとチヂは両側からタカを睨みつけた。

「すんません」

「殺すぞ」チヂはタカの頭を音をさせて叩《はた》いた。

タカの目が暗く沈んだ。

「はあい！　では、もろもろ宜しければ説明しまあす」

イノセが海パン軍団とスタッフに声を掛けた。

話によると海パン軍団は既に上で浣腸や下剤をしこたま仕込んでいるとのことだった。現に浣腸された男は肋《あばら》が上下し、足をくねらせながら説明を聞いていた。

「オグリ君、いまはオナラもできないからね！」イノセが厳しく云うとその男は〈はい〉と蚊の鳴くような声で返事をした。

「タイトルは〈挑め！　食糞オリンピック。イノセとチヂは黄金大好き〉です。今回は初の監督作品になりますのでイノセ頑張ります。ちなみに黄金というのは東京スカ業界で云うところの食便のことだからね。ごきげんよう」

「俺は名前貸しだ。喰わねえし」チヂが手を挙げて云うと周囲から生温かい笑いが起きた。

「チチヨちゃん、みなさん若いあなたに食べて貰おうと思って一週間溜めてきた人、ニンニクやタマネギを中心に溜めてきた人、ステーキや焼肉だけを朝朝昼昼晩晩晩と溜めてきた人ばかりだから。本当にこれに誠心誠意、命懸けの人たちだから、あなたも自分を見失わないで、最後まで残さずに頑張ってね」

　チチヨは返事をしようとしてゲップが出てしまった。

「お代わり百杯！」「お代わり百杯！」「お代わり百杯！」

　チチヨのゲップを合図に海パン軍団が鬨《とき》の声をあげた。その途端にカーテンを引き裂くような音と液体がぶちまけられる音がし、男の苦悶の声があがった。

「なんだよ〜。オグリくん駄目じゃないか！」イノセの怒声が飛び、カレーの煮汁に塗れたようなオグリが水溜まりの中で土下座した。

「す、すびばせん！」頭を下げた途端、また海パンの底が膨らみ、何かが逃げ惑うように溢れかえって飛び散った。「ああ、また」

「ああ、若い人は我慢がないねえ」頬についた跳ね返りを指で掬《すく》った六十がらみが指を口に入れた。「それに美味しくない。苦い」

「それ、君が食べなさいよ！　こっちじゃ面倒見切れないから。浣腸液とのおじや風味を彼女に食べさせたかったのに。莫迦」イノセが歯噛みした。

蛙《かえる》の鳴き声が、タカの口のなかで立て続けに起きた。

チチヨにも強烈な臭いは感じられた。臭いをせき止めようとしているのか、やたらと鼻水が出てきた。

「さあさあ、張り切っていきますよ！」イノセが叫ぶ。


——四時間後。

「おまえさあ、仕事なんだからさ。真面目にやろうよ」

タカはもう顔のハネを気にしていないようだった。鼻には耳栓が埋まっていた。

「ご。ごめんなざい……」チチヨは頭から爪先まで〈ウンゲロ〉にコーティングされていた。何度、挑戦しても食べようとしないチチヨに怒り狂ったイノセとチヂが洗面器の中身を頭からぶちまけたり、直接、上と下から浴びせたのだった。

何か脳の回路が間違ってしまったチヂは途中から〈がんばれがんばれ！　負けるなニッポン！〉と叫び出し、チチヨの前で洗面器の中身をスプーンで掬って食べ始めたりもした。

「見ろ！　彼は決して食糞マニアでも何でもないんだ。普通の職業人であり、普通のお父さんなんだよ。そんな彼が君のためにこうして生まれて初めて食糞、食ゲロしてるんだ。君は何とも思わないのか？　彼の気持ちを踏みにじったままでいいのか？　君はいったい何をしに此処に来たの？」

そう云ってイノセは詰め寄ったが、どうしてもチチヨにはできなかった。途中、食べやすいようにと温めて、ご飯に掛けたりもされたが食べられなかった。ポテトチップスで掬って、モヒートやブランデーで流すというのも試されたが食べられなかった。

「どういうつもりなんだよ！」

イノセとチヂは双子のように怒鳴った。まるでふたりはひとりの人間であるかのようにチチヨに迫り、そして自ら率先して食糞した。

「君は間違ってる！　糞だと思うからいけないんだ。そうだ、こうしよう。これは君、金だと思いなさい。労働して得られる対価だと思え……これらはお金になる前の〈仮の姿〉だと思えば、却《かえ》って有り難く感じられるはずだ。感じられなければ君は本当に負け犬だよ。この糞を喰えないおまえは人生の落伍者《らくごしゃ》になっちゃうよ！　喜んで喰えないおまえは、それこそ正真正銘、本当の負け犬だ！　二度と胸を張って光の下を歩けなくなってしまうよ！」

ゴメンナサイゴメンナサイゴメンナサイ――チチヨは謝り続けた。そして何故、自分は喰えないいんだろう、イノセとチヂはあんなに美味しそうに食べているのに。彼らが云うように〈糞も金だ〉と思えば誰だって食べるはずなのに。そしてそれは思うことができるはずなのに、思っても躰が云うことを聞かないのだった。自分が困っているのはお金がないからで、お金さえあればマトモになれるし厭な思いも辛い思いもしなくていいのに……。

それなのになんで〈お金の元〉を厭がって食べないんだろう――チチヨは本当に自分の躰の気持ちがわからなくなり困り果てていた。

「考えすぎなんだよ」

雨の日の運動会みたいになったビニールシートに車座になっている海パン軍団のひとりが云った。

「あんた……いろいろぐちゃぐちゃ考えてると何にもできなくなるよ。風俗でもAVでもホストでもSMでも人殺しでも。とにかく考えちゃ駄目なんだよ。これ大丈夫かな……とか、本当にこの先……とか他に何か解決法があるんじゃないか……とかなんて、いちいち考えていたら何もできない人間になっちまうよ。下手の考え休むに似たり。莫迦が考えるとロクなことになんない。えいやっ！　って取り敢えずやっちまう癖を付けないと、いつまで経っても人生なんか変わらないよ」

その通りだとチチヨは思った。思って再び、箸を摑むと中トロの刺身を洗面器のなかにどっぷりと抉るように漬け、口に入れようとした。が、口の前でやはり止まってしまった。

もう好い加減慣れても良い頃なのに――。

「本当に嫌いなの？」

チチヨの動きを嬉しそうに見守っていたイノセが哀しそうに呟いた。チチヨはこんなに哀しそうな人間の顔を見たことがなかった。

「これで生活している人もいるんだよ」

イノセはスタッフに買いに行かせた缶コーヒーをチチヨに渡した。「飲みなさい」

コーヒーは思った以上に温かく感じられ、チチヨは自分の手先が冷えていたことに気づいた。コーヒーは不味《まず》かった。

「あのね。君は選ばれた人間なんだよ。ハッキリ云ってやりたくてもできない人だっているんだ。特にお金を貰ってできるっていうのは一握りだよ。わかる？」

イノセの言葉に海パンが頷いていた。

「彼らは此処にお金を払ってきている。いつもそうさ。でも君は違う。君は報酬を受け取ることができる。それは物凄く大きな差なんだ。形は変わってもこういう厭なこと、したくないことは人生でいろいろとやってくるよ。いつもそうやって逃げてばかりいるから、君はこんなどん詰まりまできてしまったんじゃないのか？」

チチヨは、その通りだと思った。イノセの言葉に過去の逃げ出した自分の姿がいちいち思い浮かんできた。

「いま君は岐路に立ってる。今まで以上に駄目な人生を歩むか、それとも此処で生まれ変わるかだ。考えて御覧。こんなに大変なことを経験したら、他の大抵のことは何でもなくなる。辛くなんかなくなるんだよ。此に比べれば何でもないって思えるはずだ」

チチヨは黙っていた。

「神様は人に乗り越えられない苦労は与えないものよ」

イノセがチチヨの目をジッと見つめていた。「ふぁいと」

「ふぁいと」チヂもイノセの横に並んだ。

「はい」チチヨは頷くと箸を唇に当てた。

は

確かに借りた金を返さない自分が悪いとは思うのだけれど、凍ったウンチで殴りつけるというのは、あんまりなんじゃないかとチチヨは思いながら殴られた。勿論、糞はビニール袋に入っていたので、てんでんばらばらにはならなかったが、チョー痛かった。

至近距離からまともにチチヨの吐瀉物《としゃぶつ》を浴びたイノセとチヂは散々、殴った後、袋の糞を指差しながら「これは○×様のウンコだ！　こんなもので殴られるなんて有り難いと思え！」と叫んでチチヨとタカを追い出した。

帰り道、タカは車に乗るまで、車に乗ってからも何も話さなかった。行きと同じくイヤフォンをシャカシャカ鳴らし、チチヨは疲れ果てグッタリと寝入ってしまった。全く腹は減らず、何か食べようかなと思うだけで吐き気がした。

都内に戻る前に一度、車がサービスエリアで停《と》まった。

「フロ」タカはそれだけ云うとチチヨを降ろし、施設のなかの温泉に入れた。幸いにもまだ人が少なくチチヨは洗い場の隅で躰を洗い、湯船に浸かった。

出るとタカが新しい上下のスウェットを渡した。「臭えから、着てた服は捨てろ」

チチヨはその言葉に従った。

車のなかでもそもそ着替えているとタカの眉が無くなっているのに気づいた。

「あ。まゆげ」

チチヨが云うとタカはバックミラーを覗き込み「あ」と声をあげた。

「どうしたの」

「忘れたんだ。慌ててたから」タカはそう云うとポケットから安全剃刀《かみそり》を出し、残った眉を剃り落としてしまった。

「どうだ」蒼々《あおあお》とした眉の剃り跡から血を漏らしたままタカはチチヨに振り返った。

「あ。ああ、さっぱりしたね」

「そうか……。そうだろうなあ。汚れちまったからなあ」

タカはチチヨとバックミラーを交互に見てニコニコした。

初めて見るタカの笑顔だった。

その後、タカはまた何も話さずイヤフォンをシャカシャカさせているだけだった。

チチヨは再び寝入ってしまった。躰が大きく揺れ、気がつくと車は駅前に停まっていた。

「おりろ……」タカがポツリと呟いた。

「え」

「おりろ」

「だって」

「おまえも俺ももうオシマイだ」タカは暗い、モノ暗い目をした。チチヨは車を降りた。

車は行った。チチヨはひとりの部屋に戻り、ひとりで布団にくるまった。借金のこと、チツローのこと、イノセとチヂのこと、タカのこと、いろいろ気になったがなるようにしかならないとわかっていた。川に落ちた葉っぱが自分で岸に上がれないのと同じことだった。チチヨはいつも寝る前にしている〈明日も良い日にしてください〉という誰に云っているのかわからないお祈りをして眠った。あんなにゴシゴシ洗ったのに、まだウンチ臭いのは鼻毛を洗わなかったせいだと思いながら寝た。

に

『おまえ……なにやってんの』

ドスの利いた声がした。チチヨは自分が寝惚《ねぼ》け半分で携帯を摑んでいるのに気づいた
――チツローだった。

「あ、おはよう」

『殺す。タカも一緒か』

チチヨは部屋を見回した。自分の部屋、四畳半、築六十年、ブーシヤなのに二万五千円の共同便所風呂無し木造アパート。勿論、タカの姿などない。

「そんな、いません」

『迎えをやるからそこにいろ。タカを一緒に探し出せたら借金は帳消しにしてやる』

「あの人、いないんですか」

『あんまりボケナスだから、ちょっと叱ったらフケやがった。用意して待ってろ』

携帯は切れた。チチヨは飛び跳ねるとリュックに手近のモノを突っ込み外に出た。

廊下に出た途端、階段を駆け上がる足音が聞こえ、チチヨは隣室に飛び込んだ。そこは数ヶ月前から空き部屋になっていて、たまに浮浪者が寝泊まりするのに鍵をドライバーでユルユルにしていたのだ。

チチヨの部屋のドアが殴りつけられ、開く音。男の怒声がし、足音が階段を駆け下りていった。チチヨは空の押し入れで身を縮めていた。と、その時、携帯が鳴った。見知

らぬ番号だったので無視した。何か凄く酷いことが始まるんだという予感に胃袋が千切れそうだった。手足から急に力が抜け、眠くなってきた。

気がつくと夕方だった。

着歴にはチッローの会社から四十件と、知らない番号がズラズラと並んでいた。留守録を再生すると〈てめ！〉〈殺す！〉〈逃げられると……〉などチッローの罵声が飛び出すやいなや消去した。そのなかに最初は無言のものがあった。時間切れで三件ほど黙ったままだったが、やがて〈チチヨ、助けろ〉と声が入っていた。再生し直すとタカの声だとわかった。チチヨは閉めた襖《ふすま》から入り込む明かりを眺めた。自分がいる暗いところから外は明るい。何もかもが巧くいっている印のように明るい。でも、自分がここから出たらすぐに死ぬより辛い目に遭わされるかもしれない。今度はイノセとチヂのようにトンマな相手じゃないかもしれない……。

チチヨはタカらしき相手の番号に掛けていた。それが正しいとも間違ってるとも思わず、他に手がなかったからそうしただけだった。

長い呼び出しの後、カチリと音がした。相手はこちらが話すのを待っていた。

「もしもし……」

『チチヨ？』

「うん」

『ひとりか？　ひとりでこい。これで駄目なら俺は自分を諦める』

タカは一度、電話を切ると留守録に住所を残した。

『石鹼《せっけん》とシャンプーをありったけ買ってこい』最後にタカは、そう付け加えた。


タカのマンションはクルブクロのヨンシャンイビルの裏にあった。L字にひん曲がった土地の奥止まりにある育ちの悪い観葉植物みたいな建物だった。階段を四階まで上がり、両脇にひとつずつの部屋の右側のチャイムを押す。表札は出ていなかった。

遠くから子どもが唄《うた》っている声が聞こえてきた。チチヨは自分がなぜだかわからないが、両手をぐるぐる回しながら笑い走っていた時のことを思い出した。確か小学校の二年の頃だった。春の陽気に当たったのか、突然、腕をぐるぐる回すとケラケラと声が出るのを発見し、学校からずっと続けて帰ったのだ。あの頃は家はまだまともで両親も優しかった。

ガチャリと鍵の開く音がした。待ってもドアが開かないのでチチヨは自分で開けた。

部屋のなかから強烈なシャンプーと柔軟剤の臭いがし、思わずイノセとチヂの糞尿スタジオを思い出したが、当然ながらそんなものの痕跡はどこにもなかった。

「入れよ」奥から声がし、チチヨは従った。

狭いキッチンの奥に部屋がひとつあり、そこのベッドにタカは寝ていた。パンツ一丁で全身が黝《あおぐろ》く膨らんでいた。更に驚いたことにタカはスキンヘッドにしていた、だけでなく髭も全て剃り落としていた。

「誰もいねえよ。別におまえをどうこうしようって呼んだわけじゃねえ」

「はあ」チチヨは取り敢えず持ってきたものをカーペットの上に置いた。半分は買って、半分は万引きしたものだった。お金を使いたくなかったからだ。

タカは呻きながら躰を起こした。躰中が痣《あざ》で変色していた。

「どうしたんですか」

「おまえを帰した後、事務所で私刑《リンチ》された。このままじゃ殺されると思ったから事務所の便所窓ブチ割って逃げたんだ。アイツは此処をしらねえ。俺がアイツに黙ってショクナイで金回してた奴の部屋だから。本人はトンズラした後、何かの時用に家賃だけ続けて払ってたんだ。チツローはおまえをカワハギしかねえなって云ってた」

「かわはぎ？」

「整形用にハガキ大に躰の皮を剝ぐのさ。二、三回は採れるらしいぜ。皮は元に戻るから」

チチヨは項垂れた。

「結局、闇金に借りたら絶対に完済なんかできねえってことだよ。殺されないようにするには一生、利子って名前の家賃を払い続けるしかねえ」

「家賃？」

「ああ、この世に生かさせて貰ってるって家賃だよ。まあ、なんの保証もナイ保険みたいなもんだ」

「あたし、なにすればいいの？」

チチヨの台詞にタカがぴくりと反応した。

何かまた酷く厭なことが起きるのではないかとチチヨは緊張した。

「洗え」タカはそう云うと立ち上がった。「俺を洗うんだ」

彼はそのまま部屋のユニットバスに入った。チチヨが後に続くと風呂の湯は目一杯入っていた。タカが窮屈そうにバスタブに入るとお湯がざんぶと噴きこぼれた。

「俺を洗え。洗って洗いまくれ」

「どうして」

「なんでもいい。洗え。洗えば、俺がおまえの借金をチャラにしてやる」

チチヨは黙っていた。

ツルツルのラッキョウのように牛白い頭のタカは睨んだ。「それ以外なんて絶対にねえ。アイツはおまえの親兄弟まで手に掛ける。刑務所に入るなんてなんとも思っちゃいねえ男だし。自分以外に刑務所に入りたがっている焦げ付き野郎どもを、わんさと抱えているんだ。いずれも死ぬか殺されるかしかないような借金まみれのクズばかり。シャバに居たってどうしようもないから、適当なションベン刑で三食昼寝付きで雨風しのげて借金チャラならなんでもやりますってヤカラばかりさ」

チチヨはタカを見つめていた。ユニットバスは思いの外、清潔で温かだった。なにより良い香りがした。

「洗えばいいの？　洗えば助けてくれるのね」

「そうだ」

「やる」

チチヨは頷いた。

ほ

それから、チチヨはタカを〈洗い〉まくった。朝の六時から夜中の十二時近くまでチチヨは全身を洗う。タカは自分で全身の毛を剃り、手の届かないところはガムテープを貼った擦り布で剝がしたり、用意していた除毛剤で溶かしていた。

チチヨは毎日、タカから金を受け取るとシャンプーやボディソープを大量に買い込んだ。そして食料品を買っては部屋でソーメンやニューメンやうどんを食べた。タカは色の付いたものを嫌った。飲み物も茶よりはミネラルウォーターを好んだ。

タカは殆ど、バスタブのなかにいた。チチヨはタカの全身を洗った。それこそ尻の穴までキレイに洗った。エッチな気分は全くなかった。なぜならタカは徹底的に洗われることだけしか望んでいないからだった。タカは寝ている時でも汗をかいた気がすると風呂に自分で入り、再び全身を洗い直すと云った。

一週間も経たないうちに脂分を失ったチチヨの指先はカサつき、ドラッグストアーのレジ袋を持つと痛みと同時にヒビ割れから血が噴き出した。でも、チチヨは気にしなかった。何も考えず、不安も持たず、ただただひたすらタカを洗えば良いのだから、こんなに楽で幸せなことはないと思っていた。今までの人生では常に叱られていた。一生懸命やっていても決して人に気に入ってはもらえないことばかりだった。それが今では洗われている間のタカはとても嬉しそうだった。

「ありがとう」

二週間が過ぎようとしていた頃、指先に絆創膏《ばんそうこう》を巻いているチチヨにタカは云った。

「ありがとうございます」

「いいえ。こっちこそ、ありがとうございます」

チチヨは頭を下げた。

頭を上げたふたりは見合って笑った。タカは思ったよりも若かったんだとその笑顔を見てチチヨは思った。

チチヨはタカの指定するカプセルホテルで寝泊まりしていた。生活のほぼ大半はタカの部屋で洗いまくっているので寝るだけのカプセルは逆にリラックスできた。

微笑みあったあの日、チチヨは何故か自分でも信じられない不思議な行動に出た。コンビニでシャーペンとレポート用紙を買ってくると、なんとなくそれは始まったのだ――。

小説だった。いや、それは小説などと云えるようなものではなく単に頭に浮かんだことを書きだした〈字の落書き〉でしかなかったが、それでも物語として一応の格好はついていた。なぜ、自分がこんなものを書きだしたのか、また書きたいのか、チチヨには全くわからなかった。ただシャーペンを走らせている間は運動をしているような切羽詰まった感じと、区切りをつけた後にはやはり運動を終えた後のような〈きれいなポッカリ感〉が残った。レポート用紙は見る間に溜まっていった。チチヨは長期滞在ではあったもののカプセルを移動しなければならない時には手提げ鞄一個とレポートの冊子の束を手にしていた。

それに最初気づいたのはチチヨではなく、タカの方だったろう。

いつものように洗い疲れ、ふたりでソーメンをたぐっているとチチヨがタカの手元へとチラチラ視線を走らせた。変な感じだった。

「わかるか」

「え」

「わかるんだろ。ここんとこ」タカが手首を指差した。

「うん。なんか変」

「そうなんだよなあ。少し前からちょっと透けてるっぽいんだよ」

「嘘だあ」

「マジだよ。こうだろ」タカは立ち上がると本棚にある漫画に向かって腕をかざした。

なんとなく透けて見えた。

「ふうん」

「洗いすぎたんだ」

「そうだよ。洗いすぎだよ。なんでも過ぎちゃだめだよ」

「でも、いいんだよ」タカはツルツルの頭をテロリと撫で、チチヨを真《ま》っ直《す》ぐ見た。

「これで良い。俺はいま凄く気分が良いんだ。今までなにひとつ楽しかったことも嬉しかったこともなかった。上っ面ではそんなこともあったかもしれないが、本当に腹の底からそう感じることはなかったんだ。だから、俺のなかにはいつのまにか心や世間のヘドロが溜まっていて。もう魂が根腐れ起こしてたんだ」タカはカーペットを見ながら独り言のように続けた。「おまえがウンコ喰いに行ったあの日、俺は躰中が臭くて堪《たま》らなかった。サービスエリアの風呂に入ったろ。あの時、他に客は居なくてな。俺ひとりだった。俺はただ単に糞のついた躰が厭で無茶苦茶に洗って、広い風呂に浸かってたんだけど。何かが俺に触るのを感じたんだ。空から降ってきた大きなものが風呂の天井を抜けて凄い勢いで俺に落ちた。そして、その瞬間、俺は変わって良いんだ、今変わらなくちゃ絶対に駄目なんだと云われたんだよ」

「云われたの」

「声はしなかったけれど、そうしろって。俺はたぶん先祖の声だと思うんだ。俺たちが今まで生き残ってきたってのは何万年も昔から誰も途中で絶えなかったからだろ。どこかで一族が全滅したら俺たちは誰も此処にはいない。逆に云うと俺たちは物凄くデカイ樹の先端みたいなもんだよ。俺は神様なんかちっとも信じないけど、実際に生きていた先祖の集団的魂みたいなものは本当に居たんだからさ、そういうのが何か云ったんだと思った。で、俺はすぐに洗い場に戻って躰を洗ったんだ。物凄く良かった。魂をギュウギュウ洗ってる感じがした。だから、俺はおまえを帰して、チツローに辞めたいって云えたんだ」

タカは目をキラキラさせた。

チチヨはよくわからなかったが、タカの腕がほんのり透けているのは本当だし、それならタカの云うことも嘘じゃないと思えた。

「もっと洗ってくれ。洗って洗って俺を透明にしてくれよ！」

「うん。洗うよ。洗い殺すよ！」

ふたりはそう云うと立ち上がり、再び〈洗い〉に戻った。

湯気の籠もる浴室で二十回目の洗いを済ませた時、タカがポツリと云った。

「おまえ、なんか書いてるだろ」

「え。どうして」

「なんか、おまえの躰からわかる。字みたいなのがうにゃうにゃ出てる」

「ほんと？」チチヨは自分を見たが何も、うにゃうにゃしていない。

「殺し屋とキリストかぶれのガキの話だろ」

チチヨは尻餅をついた。尻を載せられたシャンプーから中身がみゅーっと出た。

「どうしてわかるの」

「ふふふ、俺はチョージンになるのさ。云っただろ、おまえを助けてやるって。おまえを助けるにはチョージンでないと駄目だろ」

「うん。駄目だ」

「だからよ。そういう風になっていってるわけ。ただ洗われてるわけじゃねえってことだ。尊敬しろ」

「した。じゃあ、もっともっと洗う！」

「やってくれ！」

その日は明け方になっても、ふたりは洗うのを止めなかった。

が、それが災いしたのか翌日、タカから電話があった。

『体調が悪いんだ。暫く休みたい』

「大丈夫？　看病に行こうか」

『いや。湯あたりしたんだ。少し休めば元気になる。俺から連絡するまで来ないでくれ』

タカの声は妙によそよそしかった。

チチヨは一瞬、寂しさを感じた。が、所詮はそんなものなんだと割り切り明るい声を出した。「わかった。それじゃあ、電話待ってるから」

『すまん。金はあるよな』

「たっぷり預かってるから、大丈夫」

それから二週間以上、タカからは連絡がなかった。

へ

「すみません。吐き荘っていうアパートはこの辺ですか」

自分用のシャンプーとレポート用紙が切れたので補充しにコンビニへ行った帰りに、ライトバンの男に声を掛けられた。声が聴き取り難《にく》かったので〈え？　なんですか〉と近づいた途端、後部ドアが勢いよく開き、腕を引っ張られた。肩が脱臼したような痛みで腕は引かれ、右側の顔面をドアの縁に厭と云うほど叩き付けられたチチヨは意識が遠くなった。気がつくと自分は後部シートに座り、隣の男の膝の間にある軍用ナイフを見つめるはめになっていた。

「タカの部屋はどこだ」助手席にいる男が振り返った。チツローだった。だが以前は顔の傷が斜めだけだったのに今はバッテンになっていた。「そうだよ。おまえらがフケたんで、俺がいろいろと仕置きされてんだよ。あの野郎、陰でこそこそ集金した銭を呑んでやがった」チツローは笑った。剝き出した歯が金歯に変わっていた。「この歯もおまえの借金に付けておいたからな。今週中に三千五百万だ。明日、沸点省に飛ぶんだ。そこで角膜と腎臓を売って貰うからな」

チチヨは頭が真っ白になった。もうオシマイだと思った。

と、その時、横に白バイが停まった。チツローたち同様、信号待ちをしている。

チチヨはシャンプーの入った袋を隣の男にぶつけた。男がナイフを振り回すとシャンプーの中身が座席に散らばった。男はチチヨを押さえ込もうとしたがシャンプーで滑り、自分の太股を刺した。チツローが叫び、車が発進した。チチヨはシャンプー塗れの手で運転手の目玉を弄くった。車が急停車し、チチヨは飛び出した。白バイに撥ねられそうになったが、既《すん》でかわし、そのまま駆け出した。

チチヨはタカに連絡をした。

「すぐに逃げた方がいいよ！　すぐに！」

しかし、タカは落ち着いていた。

『わかった。俺は大丈夫だから。おまえは逃げろ。もう俺のことは大丈夫だから』

「絶対、逃げてよ！」

『わかった』

チチヨにはタカから預かっていた現金があった。彼女はそのままカプセルホテルに戻ると荷物をまとめ、駅に向かおうとした、が、止めた。そのやり方は違うとチチヨのなかで何かが云ったからだった。

……タカさんと同じだ。チチヨは思った。

タカのマンションから離れたところでチチヨはタクシーを降りた。

辺りを気にしながらタカのマンションに入ると急いで部屋の鍵を開けた。

外は夏のような日差しなのに室内は遮光カーテンが閉めきられ、真っ暗で人の気配はなかった。いつもなら音を立てているはずのシャワーも黙って引っかかってるだけだった。

「タカさん……」

返事はない。

巧く逃げられたんだ――チチヨはホッと溜息をついた。

ドスッと背中に痛みが走り、チチヨは前のめりに倒れた。

「おまえ、なめてんの？」

チツローだった。手には鋏《はさみ》を摑んでいた。怪我をしているのか、いつも決めている髪型がボサボサになっていた。

「あいつら、マッポに捕まっちまったよ。どうすんだよ。こんなヘマばっかりで……俺、どうすりゃいいの？」

「ごめんなさい」

チツローが息を吸い込むと棚を引っ繰り返した。派手な音を立ててカーペットに物が叩き付けられた。「ごめんなさいで済むかよ。俺が此処まで何年掛かったと思ってんだよ」

目が完全に狂っていた。

チチヨは腰が抜け、ヘナヘナと座り込んでしまった。

チツローが一歩前に近づいた。

あ、此の人はこういう世界の人なんだと改めて思った。きっとあたしは殺されるんだと、首に剃刀が当てられ、それが動かされるのを待っている気分だった。

〈だったら、早くやってほしい……〉タカがいないのは厭だったが、タカの部屋で死ぬのなら良いかもと思った。

「殺すと思うか……」

「え」

チツローはおかしくて仕方がないというようにニヤニヤ笑った。「殺すわけがないだろ。おまえにそんな傷をつけたら俺が殺される。なにしろ大事な献体なんだからさあ」

チツローは鋏を構え直した。「瞼《まぶた》を切り取る」

チチヨはベッドに後退《あとじさ》った。

「瞼を切り取ってぇ。そこのカーテンを開けて太陽を見せてやる。目玉が乾いて灼ける時、最後に俺を見ろ。おまえが最後に見るこの世の光景はおまえの瞼を喰う俺の顔だ」

チツローは信じられない力でチチヨの鳩尾に正拳突きを入れた。

チチヨはベッドの上でのたうち回った。胃液が口から溢れ出す。耳鳴りがして視界が暗くなっていった。

「そうだ……おとなしくしてろ」チツローの声と共に右の瞼がグイッと引き上げられ、ひんやりした鋏の刃が触れた。

〈おかあちゃん〉チチヨは歯を喰い縛りながら、心のなかで叫んだ。

じゃぎ——皮を断つ音がしなかった。

チツローの鋏は顔の上にポトリと落ちた。

見るとチツローが目の前で立っている。数学の難問を突然、解かされているような顔だった。次に何をされるのかチチヨは硬直したまま動けずにいた。ベッドの上で固まったままチツローを見ていた。

「あ……。え？　あぁ？」チツローは自分の頭に手を当てると厭々をするように首を振った。「え？　え？」

　パキーンっと乾いた音がするとチツローの首が真後ろを向き、そのままチチヨに倒れ込んできた。

「な……なんだ」チツローは自分の背中を眺め驚いていた。折れた傘のように骨が首から突き出していた。

　チチヨはチツローから離れた。

　何が起きたのか全く理解できなかった。鼓動が耳を潰そうと跳ね狂っていた。

『チチヨ』

　不意にタカの声がした。

「タカさん？　どこ」

『おまえの前だ』

　暗い部屋には誰の姿もなかった。しかし、タカの好きなシャンプーの香りが強く香った。

『俺は遂にやったんだ』

「なにを」

『見た通りだ。見えなくなったのさ。これからは自由だし、人ではなくなる。清々《せいせい》した。おまえとの約束も果たした。もう此で誰もおまえを追う者はいない。俺は山に籠もって仙人になる』

「ありがとう」

『これで、さよならだ』

チチヨが顔を上げると何かが唇に触れた。

『元気でな、チチヨ』

ドアが開き、閉まった。


半年後、チチヨはあのとき書きためていた原稿を公募に出すことにした。

あれから暫くして実家に戻って暮らしていたチチヨの元へ真夜中に一本の電話があったのだ。

『チチヨ、あの小説のタイトルだがな。〈千々石ミゲルと殺し屋バイブ〉にしろ。それで応募するんだ。耶蘇《やそ》教のガキだからな。それが良い』

タカの声だった。そう一方的に話すと一方的に切れた。

その後、何度か掛け直したが二度と繋がることはなかった。

キリスト教の殺し屋なら〈バイブル〉じゃないかとチチヨは思っているが、それはそれで面白いと思い、変えずに出した。

# あんにゅい野郎の
# おぬるい壁

# 一

便所から出ると子どもがいた。

勿論、窓から外を眺めれば子どもだけじゃなく、女も年寄りも歩いてはいるのだが〈この部屋に子ども〉というのは〈月に富士そば〉というほど妙なことだとあなたは思う。

「あんた、帰ってくれよ」と云い掛けたあなたはソファの少年の服がえらく汚れているのと髪がボサボサなのを見て口をつぐむ。

隣に座る男は干した魚のように乾いた顔をしていて、実際、臭いもそれに近い。

こいつを見るのは何十回目だったかなとあなたは心の中で、ふと思う。

「帰れって」男はあなたを一瞥《いちべつ》するとソファのあるリビングから奥の部屋に向かって声を掛けた。

間を置かずイシがシャツをまくり上げた左腕の内側を擦りながら顔を出す。「よう。なんじゃ、また糞か」

「ええ、腹の調子が……」

「おまえもしまらん男よのう。年がら年中、腹下しよってからに」イシはポンプをテーブルの上に放るとシャツを戻しながら何故か目を細めた。瞳孔が開いたせいだとあなたにはわかる。

「すんません」

「それと、ぬしぁ水道工事ができたよの？」

「はい」

「オオクボにおるわしのスケが蛇口が古臭《ふるくそ》うて気に入らん云うんじゃ。おんし、小洒落《こじゃれ》たのんと替えちゃれんかいのぉ」

「ボクがですか」

「おうよ。われに話しようんじゃ、われしかおらんじゃろ。ヤサはここじゃけ、すぐに連絡して、あんじょうしたってや」

「わかりました」

あなたはイシが差し出した紙切れと万札一枚を受け取る。

イシはソファの男に顎をしゃくる。

「これら、店の客じゃったの」

「ええ」

あなたが頷くとイシも頷く。

窓の外はどんよりと曇っていて、部屋の中は暑い。

「今日からわれのツレじゃ。仲良くしろや」

「え。こいつがですか？」

「ああ、この〈店〉もアガリはガタ落ち。何ぞ新しいネタを考えんとわしも上からエラいのよ。これなら客じゃった分、仕切りも呑みこんどるじゃろう。まあ、仲良くやれや。おい、挨拶せんか」

イシの声で男がひょろひょろ立ち上がる。

「キクチっす」

「ああ」

「で、さっそくじゃが下に荷物があるけ。取りに来いや」

あなたはキクチが子どもの頭を叩くのを見る。子どもは下を向いていただけで何もしていない。

マンションのエレベーターで一階に降り、あなたとキクチは屋内駐車場にあるイシのバンに近づく。

「部屋に運べ」トランクには灯油用のポリタンクとラーメン屋で扱うような寸胴《ずんどう》鍋があった。鍋はふたつ、ポリタンクは三本、黄色い液体が詰まっていた。

「なんですかこれは？」

「ええから運べ」

二

「わりゃ、あまり近づけんな」

エレベーター内で、あなたの持ったポリタンクが触れそうになり、イシは怒鳴る。

イシの指示であなたはポリタンクをユニットバスに運ぶ。キクチは一本持つのが精一杯の様子で既に顎が上がっていた。

「なんじゃ、われ。なっさけないのう、そんなことじゃ戦争になったら勝てやせんぞ」

「その時は真っ先に弾除《たまよ》けで死にますから」

「ふん。そんなシャブ喰うたような躰で弾が止まるかよ。突き抜けて味方が死によるわ」

キクチは「そうっすね、じゃあ逃げます、へへへ」とポリタンクを置く。

「これなんすか」

「これか？　これはこれよ」イシは自分の股間を握る。

あなたはわからない。

「鈍いのお。小便じゃ」

「小便？」

「おおよ。これらみな他の〈店〉が集めた客の小便じゃ」

「どういうことですか？」

「マルに挙げられると必ず検査じゃ云うて小便させられるじゃろう。それで試薬カマされて青うなったらシャブじゃ云うて。あれを見て、ウチの親分がイケる云うんよ」

　あなたは黙ってしまう、イシの答えの先が呑み込めないのだ。

「まだわからんか。つまり、小便からシャブを取り出せ云うことや。つまりシャブのリサイクルじゃ。客のなかには阿呆みたいにようさん打ちようのがおるやろ。あんなんは内臓が襤褸襤褸《ぼろぼろ》やけシャブはあらかた小便で出とるじゃろと、こう云いなさるんよ」

「そんな……」

〈莫迦な〉と云いかけたあなたの頭をイシが思い切り殴りつける。衝撃で耳鳴りがする。手元が狂って鼓膜を叩いたのだ。イシはそのままあなたを廊下に引き倒すと踏み始めた。まともに胃に踵《かかと》が食い込み、喉を液状のモノが逆流する。

「おどりゃ！　親分に楯突《たてつ》く気ぃかぁ！　おう！　えらい貫目《かんめ》つけたもんやのう」

「すんません！　すんません」

「ダボが！　ええか！　今日から毎日、これら小便を鍋で炊いて水を飛ばして残ったシャブを集めぇよ！　小便集めはキクチにさすけぇ。おどれは客の相手とマルの番、それに小便炊きに精出せや！　おう！」

「はい！　はい！」

あなたは躰を守りながら廊下の先に細い足があるのを見つける。キクチの子どもだと思った。顔は見えないが、イシに殴られている自分と子どもの姿が上から眺めた格好で頭の中に浮かんでいた。

背中をドンと壁に預けるとイシはぜいぜいと息を落ち着かせようとした。両手には引き抜いたあなたの髪が握られている。「なめやがって……」

イシは靴を履くとダメ押しにそれであなたの肝臓の辺りを踏みつける。火箸を差し込まれたような激痛と耳鳴りであなたは躰を反らせ、悲鳴を嚙み締める。

「ホスト崩れがぁ。格好つけやがって。ええな！　明日また来るけえ。しゃんと耳揃《そろ》えた仕事せえよ」

あなたはイシの怒りがこれ以上、大きくならないよう土下座をして「はい！　はい！」と叫ぶ。

ドアが開き、乱暴に閉じられた。あなたは脇腹の辺りが酷く痛むのと髪がずっくりと散らばっているのを見る。ふと肩に手が当てられ、びくりとするがそれが子どものものだとわかる。手はゆっくりと動き、あなたの背中を撫でる。

「それじゃ、俺は」後ろからキクチの声がするとびくりと手が離れた。キクチはあなたの脇をすり抜け、サンダルを突っかける。

「あまりガキには見せたくない姿っすね」

捨て台詞を残し、ドアが閉まる。

それからあなたはひとり痛みに耐えながら呻いては吐き、身を捩《よじ》りながら朝を待つ。


明け方、あなたはソファに座り煙草を吸う。シャブの経験はあったが中毒になったことはない。体質なのか酷い痙攣と蕁麻疹《じんましん》が出るのだ。あなたは組からここを任されている。イシが〈店〉と呼ぶ3LDKの部屋は築三十年近いものでバブルの器らしく便所や玄関の把手《とって》、照明には無駄な飾りが付いているにもかかわらず、壁は薄く、水回りの調子は悪く、フローリングも波打っていた。餓鬼の頃から悪さばかりしていたあなたは田舎にいられなくなり、トウキョウに出てきた。まともな職に就くでもなく、金がなくなると無心をしに実家に帰った。そのうちに母親以外の兄弟親戚から縁を切られ、そうこうするうち家族親戚を含め知り合いの殆どがアレで流され全滅した。金の良いとこ、楽なとこばかりを追いかけながら転職をくり返した。水道の配管工を始め、気がつくとホストからソープの従業員へ、そこで知り合った男から無許可のデリヘルを共同経営しないかと誘われ参加、途中で男が金を持ち逃げしたのでケツ持ちのヤクザから追い込みを掛けられ、闇金から金を借りさせられたのが運の尽き、気がつけば〈店〉の管理人になっていた。

あなたがするのはクスリの管理と〈客〉にクスリを売ること。兄貴分のイシには他にも路上販売専門でやらせている外国人が何人もいるのだが、奴らに大量にクスリを卸すことはしない。ガサの用心に〈本部〉はこうした場所数カ所に分散させて管理しているのだった。その為には単なるシャブ中では務まらないということで、あなたの体質がものをいった。

日が差して来たのであなたは寸胴鍋にポリタンクの中身を注ぐことにした。ユニットバスに寸胴を置くと手近のポリタンクを取る。キャップがヌルヌルしていて気持ちが悪い。持ち上げて中身を空け始める。強烈なアンモニア臭と殺虫剤のような臭いが鼻を撲《う》つ。注ぎ口が狭いので一気に空けることができない。どぷどぷと生き物のように音を立てながら小便はポリタンクの口から吐き出され、鍋に溜まっていく。見ると長い茶色い髪の毛が浮かんで回っていた。鍋に八分目まで注いであなたは台所に運び、コンロに載せる。痩せたあなたの腕の筋肉がそれだけでギシギシと音を立てた。あなたは寸胴鍋ふたつに小便を満たすと火を点ける。火の花が一番大きくなるようつまみを一番右に倒す。

三十分ほどすると鍋の表面がぐつぐつと煮立ってくる。同時に嗅いだこともないような酷い臭いの湯気がぶんぶんと沸きだしてくる。腐った動物の腸《はらわた》を煮ているような臭いだ。あなたはタオルを顔に巻く。小便はまだ見た目でわかるほどに減っていない。あまりの臭いにあなたはベランダに出る。ひと目に付かないようしゃがみながら煙草を吸う。手には双眼鏡。〈店〉を刑事や麻取《マトリ》が張っていないか一日のうちに何度か確認するように云い渡されていたものだ。部屋に籠もっていたくないあなたはそれを使って〈世間〉を見物することにした。

ＯＬが通る、サラリーマンが通る、学生が通る、犬を連れた老人が通る……。

ガタンっという音を耳にしてあなたは立ち上がる。臭いの酷さに思わず蓋をしていたのを忘れていたのだ。小便が噴きこぼれていた。駆け寄って火を止める。剝き出しの金属でしかない鍋蓋の把手に触れ、悲鳴を上げて床に落とす。気を取り直し、火を点けなおす。噴きこぼれた小便が鍋の腹に白く筋を描いていた。これがシャブなのかとあなたはふと思う。火を点けなおすとあなたは双眼鏡を今度は窓辺から使う。

マンションの前は幹線道路が走っていた。夜昼なく大型トレーラーが行き交い、騒がしい。繁華街も近いので深夜、酔っ払いが喚く声もする。それに加え、今は反対側で新たなマンション建設が始まっていた。朝は八時半から夕方の五時まで杭《くい》打ち機がどこんどこんと恐竜が居た頃の地層にまで鉄柱を打ち込んでいる。

バスが通り、タクシーがゆく、黄色いヘルメットを被った男達が剝き出しの土塊《つちくれ》の上を行ったり来たりし、その真ん中にショベルカーやブルドーザーなどの重機が神経痛の象のようにギクシャクしていた。雨が降り出したのか通行人が小走りで過ぎていく。もう一度鍋を確認する。小便は半分ほどになっていたが、それが噴きこぼれたせいなのか水分の蒸発によるものなのか知らない。小便の湯気で室内はべっとりと湿気《しけ》ってい た。今年は梅雨が長く、七月も終わりだというのに夏の来る様子が全くない。壁が汗を掻いている――これは小便の汗だな、とあなたは思う。

歩く度に腰と背中が痛むのに気づく。手を当てると膨らんでいる。あなたは肝臓に障害がある。以前、半年だけ付き合った女が看護師で無理矢理、検査を受けさせられたのだ。その時、〈肝硬変〉になりかかっていると云われたのだ。あれから硬くなったはずの肝臓を昨日はウィングチップの尖《とが》った靴で蹴られたのだ、割れて血が流れていてもおかしくはない。洗面所の鏡にはボコボコになった自分が映る。珍しくはないが最近ではなかったことだった。イシはシャブを打った直後だったのだ。最近のイシは我慢が利かず、昔のように頭が回らなくなった。そのうち俺はイシに殺されるか家畜竿《かちくさお》にされるだろうなとあなたは思う。

窓辺で双眼鏡を使う――と、あなたは自分と同じように窓に貼り付いている人影を発見する。あなたの部屋からは随分、下。低いアパートの二階のようだ。影は小さい。あなたはズームし、顔を捉えた瞬間、「おっ」と小さな声を漏らす。

キクチの連れていた少年だった。掌《てのひら》が蛙のようにぺったりと窓に当たっている。少年はあなたから右下方を見ていた。ランドセルの子どもが並ぶバス停があった。

双眼鏡を外したあなたは溜息を吐《つ》く。

## 三

小便は一日掛けてポリタンク三本分を蒸発させるのが精一杯だった。起き抜けから火に掛けるのだが二時間ほど使うと安全装置が働いてガスが止まってしまうのだった。その度にあなたは室外にあるガスメーターを再起動させなければならず、熱を帯びたガスコンロを休ませる為にも十分から二十分ほど火は止まったままにしなければならなかった。

部屋は異常な小便の蒸気が籠もり、肺の中が腐っていくようだった。おまけにイシからは『周りに気づかれんよう、臭いを外に出すな』と厳命されていたので空気を入れ換えることもできずにいた。あなたは中学校の頃、授業で聞いた話を思い出す。

『聴覚、視覚と違って味覚と嗅覚は分子による刺激です。つまりおいしいとか臭いなどというのは、物質の小さな部分が君たちの舌や鼻の粘膜に直接、触れることによって起こる物理的、具体的体験なのです』

あなたは小便を煮るようになってからシャワーを朝昼晩と浴びるようになった。火を点けっぱなしなので以前のように外食することも難しくなった。カップ麺や飲み物を夕方、新たな小便を届けに来るキクチに頼むか、代わりにコンロの番をして貰っている間に手早く済ませる日々が続いた。

また小便が蒸発した後の〈シャブ〉と思われる結晶の取り出しも厄介だった。あなたは鉄のスプーンで鍋の底や内壁に残った白い粉を削り取ろうとするのだが、結晶は硬く、すんなりとは剝がれない。強く擦ると破裂するように弾け、どこに行ったかわからなくなる。それでもどうにかスプーンの端に載る程度を擦るとイシがキクチに預けた茶色の小瓶のなかに粉を落とす。十八リットルの小便から粉はほんの少ししか採れなかった。小瓶が一杯になるまで何百人、何千人分の小便の湯気を浴び、嗅ぎ続けなければならないのかと思い、あなたは奈落に落ちたような気分になる。

ある日、いつものように汗だくになりながら部屋の臭いに噎せ返りつつあなたは双眼鏡を使っていた。僅かばかりの晴れ間が広がったのか、ふわっと花が開くように室内が明るくなったのをきっかけに、〈監視の時間〉が来たのを思い出したからだった。仕事に小便炊きが加わろうと警戒を怠ってはならないのだ。ヤクザや暴力団というモノはルールを守らない無法者の集団だと思っていたが、実際には〈世間〉よりもルールは厳しく上司の命令は絶対であり、ハッキリ云って軍隊に入ったようなものだった。あなたはいくつかポイントとなる建物、つまりあなたの部屋およびマンション入口をダイレクトに見通すことのできる部屋をひとつひとつ丁寧に見ていく。陰鬱な日々のなか、唯一あなたが気に入っていることのひとつが〈監視〉であった。初めの頃こそ雨や雪のなか人が働いているのに自分はぬくぬくとした部屋で仕事ができるという屈折した喜びを感じてもいたが、いつのまにかそれは籠から空を覗く鳥の気分へとすり替わっていた。

双眼鏡を通し、通りすぎる人に自分を重ねることが多くなった。〈もし俺があいつだったら、どんな家に帰るのだろう〉と勤め帰りのサラリーマンを見て思い、〈もしあの車に乗っていたら俺はどこへ行っただろう〉と長距離トラックの暗い窓を見て想像した。そしてユニフォームに身を包んだ中学生らしい野球少年が駆けていくのを見、あなたは土埃で真っ黒になっていた中学時代の自分を不意にまざまざと思い出す。硬そうな入道雲が白い校舎の真上にあり、仲間と共に対校試合をした。たった一度だけあなたは逆転満塁ホームランを打った。あの時の〈え？　俺が〉という驚きと周囲の空気が止まったような感覚は忘れられなかった。走るのも忘れていたあなたに監督が〈走れ！〉と絶叫し、そこから死に物狂いでホームまで駆け戻った。〈ホームランなんだから、ゆっくり回ってくればよかったのに〉と笑われた。それに、監督からは〈おまえはセンスが良い。次にホームランを打ったら、その時はゆっくり回ってこい〉と云われた。あの頃は金よりもおふくろの作る豚の生姜《しょうが》焼きが一番だった。近所のネジ工場で働いていたおふくろは土曜だけは早退《はやび》けさせて貰い、あなたが帰るのに合わせて豚の生姜焼きを作ってくれた。家の前には畑の中の一本道があり、遠くからでもあなたは台所に立つおふくろの姿が見えた。おふくろはあなたが畦《あぜ》に姿を現すと鍋を熱し、肉を入れる。おふくろに手を振ると顔がうんうんと何度も頷くのがわかった。その顔が家が近くなるに連れ、どんどん表情がくっきりし、駆ける足が速くなる。褒美は豚の生姜焼きや大盛りの焼きそばやオムライス――。

目の端にキラキラと当たるものに気づいた。見ると水面で見るように光の乱反射があなたの周囲で踊っていた。刑事か！　と、咄嗟にカーテンの裏に身を潜ませ、あなたは外を窺《うかが》う。光は下方から来ていた。しかし、見張り中の刑事がそんな莫迦なことをするのかと訝《いぶか》しがりながら再び覗くと、反射光の出どころがわかった。

キクチのアパートであった。双眼鏡で確かめると少年がニコニコ笑いながら鏡を使ってイタズラしているのがわかった。

〈こら〉と叱るふりをすると反射がズレ、手を振るのが見えた。

あなたも手を振り返す。少年は反射光を建物のあちこちに照らした。そのうち、それらが同じ看板を照らしているのに気づく。〈アサヒ印刷〉〈富士ファイル〉〈恋を渡す女〉、ふたつは会社の看板で残りは映画のポスターだった。少年の光はそれらをぴょんぴょんと飛ぶように移動する。アサヒ↓ファイル↓女と移動しては一旦、間を置く。そして再び動くのだ。なんだろうと考え込んだあなたは不意に看板の「ア」「イ」「す」の文字を照らしていると気がつき、少年に向かって大きく手を振る。そしてアイスを食べる真似《まね》をした。少年が大きく手を振り返し、ジャンプをする。

と、そこでガチャリと音がし、ポリタンクを提げたキクチとイシがドアを開けて現れた。

「お疲れ様です」

あなたの挨拶を無視してイシはキッチンへ踏み込み、鍋の中を覗き込む。

「なんじゃ、まだコリコリになってないやんけ。わりゃ、何しとんならぁ！」

「これでも目一杯なんです。ずっと火を点けてると二、三時間でガスが止まっちまって」

「止まる？　なんでや」

「安全装置です。ガス漏れや蒸《ふ》かしすぎを防止するのにメーターに付いてるんです」

「阿呆か！　わりゃ舐めとったら承知せんぞ！」

「そんな！　ガス会社に連絡すれば連続で使えると思うんですが、アニキが目立つことはするなって……」

「当たり前やんけ。これはなあ、わしの実験なんや。ええか？　これが上手《うも》ういったら、あっちのポン中こっちのポン中、根刮《ねこそ》ぎに小便搾り上げてよぉ。それこそ無限にシャブが作り出せるんやで、こんなうまい話があるかっちゅうねん」

「はあ」

覇気のないあなたの様子を見てイシが顔を顰《ひそ》める。

「なあ、わしはわれを男として見込んで任せてるんや。云うたらここが男一世一代の勝負よ。ガツンっと親分を云わせて、おまえも杯貰うてよ。ほしたらこげなチンケな仕事は下にさせりゃええんじゃけ。のう。まちっと気ぃ入れて働きないや」

「はあ」あなたは頭を下げる。

# 四

目を開けると辺りは明るくなっていた。昨夜からあなたは躰の調子が悪い。連日の煮炊きで躰が異常な高温で煽《あお》られ目眩《めまい》と全身の節々の痛みが治まらないのだ。明け方、仮眠を取るつもりでガスの火を止め、ソファに横になったまま寝入ってしまった。チャイムの音で跳ね起き、コンロの火を点火し、玄関に出るとキクチがいた。

「さっきも鳴らしたんすけど……」

「そうか……シャワー浴びてたんだ。悪いな」

それには応えずキクチはポリタンクを運び込む。その後ろに少年が居た。

「よお」

あなたの声に少年はこくりと頷く。以前と同じ服、ボサボサの髪。しかし、頬に大きな痣ができている。

「ちょっと買い出しに行ってくる、待っててくれ」

あなたはそう云うと外に出る。


数分後、あなたは食べ物を入れた袋を手に戻って来る。

口元をタオルで隠したキクチは顔を顰めながら鍋を掻き回している。

「掻き回しても一緒だろ。小便しか入ってないんだから」

「はあ。それにしても臭い酷いっすね。現場の簡易便所みたいっすよ。目も開けてらんねえや」

「アンモニアってのは素材に染みこむらしいからな。天井にも壁にもびっしりなんだろ」

あなたはソファに座っている少年の頭を指で軽く突くと袋のなかからアイスを取り出した。少年が「あ」っと声を上げる。あなたは隣の六畳間に少年を呼ぶとアイスを手渡した。少年は蓋を剝がし、一目散にスプーンで掬っては口に運び出す。柔らかそうな耳の先が赤く、額にびっしりと搔いた汗が白く細い首を伝っていく。

「いくつだ」

「わかんない」

「そうか」

「おい、この子いくつだ」

「さあ、どうすっかねえ」鍋に目を向けたままキクチが答える。

「どうすっかねえって、自分のガキの歳、憶えてねえのか」

「俺のガキじゃないっすよ」

「え」

「前に付き合った女の忘れ物っす。歳なんか知りません」

少年は全身を耳にして聞いているようで、スプーンが止まっていた。

「……じゃあ、名は？」

「糞とかゴミとかだと思いますけど、俺はただ〈蛆虫《うじむし》〉って云ってます」

あなたは少年の顔を見る。「名前は」

「ヒロシ」

「歳は？」

「たぶんこれ」ヒロシは両手を広げ、親指を一本だけ折った。

せいぜい六、七歳だと思っていたあなたは驚く。

「おふくろさんはどこ行ったんだ」

ヒロシは首を振った。

「ずっとあのおじさんと居るのか?」

ヒロシは頷いた。

「そういうのたくさんなんだけどね」

振り返るとキクチが胡乱《うろん》な目を向けていた。〈客〉だった頃のジャンキーの目が戻っていた。「こいつ、人間とは思ってないんすから。そういうの迷惑なんすけど」

キクチはヒロシの顔をいきなり蹴りつけた。

少年の躰が壁まで吹っ飛ぶ。

「おい!」あなたはキクチを引き離す。「なにやってんだ、おまえ!」

少年は海老《えび》のように丸まったまま動かない。それは痛みに耐えているというよりもこの体勢になることが一番だと知っているように見える。アイスのカップが背中で潰れていた。

「お互い人でなしじゃないですか。やりつけないことはなしにしましょうや。反吐が出る」

「なんだと!」

あなたはキクチを殴る。

「なにをしとんなら!」背後からの怒号に身をすくめると他の子分を連れたイシが立っ

ている。「粉ぁ、なんぼ溜まったんじゃ。持ってこんかい！」

あなたは食器棚にしまっておいた小瓶を渡す。まだ半分にも満たない。

「わりゃ、カスもよう刮《こそ》がんとなにしとんなら」

「すんません」

「おまえら、鬼の居ぬ間のなんたらゆうて調子こいとるまぁはありゃせんので。親分はの、はよせいはよせい云うて矢の催促なんじゃ」

イシは倒れているヒロシに目をやり「ここは大人の仕事場じゃ。ガキはもう入れんな」

「へえ」

キクチは子どもの腕を引くと立ち上がらせる。

「われはスケの蛇口替えたんかい？」イシがあなたを睨む。

「まだです。これが忙しくて」

「何が忙しいじゃこないなもん！　はよせんかい」

イシがあなたの頭を大袈裟に叩く。

キクチが見ている。

「すんません」

「とにかくあと二、三日でちゃきっと瓶をいっぱいに詰めや。できんかったら指の一本三本では済まんことになるぞ！」

「へい」あなたは頭を下げる。

五

翌日、キクチは小便を運んできた。ヒロシの姿はなかった。あなたは小便をカリカリに蒸発させてはスプーンで刮ぐをくり返している。

キクチはいつものようにすぐ帰ろうとはせずテーブルでノートを拡《ひろ》げ出した。

「なにしてんだよ」

「メモですよ。どこの誰から小便もらえば良いかリストを作ってるんす」

「ふーん」

「あんたと違って大変なんすよ。あれだけの量を掻き集めるのはね」キクチはそう云って腕に注射を打つ。

「仕事中になんだよ」

「仕事中だからやるんすよ。まともな頭でできるわけないじゃないですか、こんな糞仕事」

「糞仕事って。アニキに拾って貰った恩を忘れんなよ」

「あんたは恩は忘れないんだ。なんでも云うことときくんだ。じゃあ、マジでアニキが死ねって云ったら、なんですか？　あんたはすぐに死ぬんすか」

「そんな命令はきけねえよ」

「逆らうんすか。ですよね、こんな糞仕事。絶対にアニキ殺したくなってますよね」

「おまえ、云っていいことと悪いことがあるぞ」

「あれ？　俺、何か云いましたっけ。なんだっけ？」

「アニキ殺すとか……云ってんじゃねえぞ」

「云いませんよ、俺。絶対に」

「いい加減にしろよ」

「いつ殺すんすか？」

「莫迦野郎」あなたは立ち上がる。

「どうどうどう……。へへへ、かっこいいよなあ、あんたはいつもかっこいいことばかり……。ところでいつアニキの女んとこ行くんすか」

「近々な」

「絶対行くんすか？　ほんとっすか」

「ほんとだ。今度は絶対な。いつまでも放っとけないだろ」

キクチはそれからも当たり障りのないことをグダグダと話し、やがて出て行く。

気がつくと日差しが部屋に差し込んでいた。ソファでボンヤリしていると天井がキラキラ反射する。外を覗くと、やはりヒロシが窓から鏡を使っていた。

あなたが手を振るとヒロシも振り返す。

すると光が〈アサヒ印刷〉「ア」、〈キミヨ陸送〉「陸」と建物の看板に次々に当てられた。しばらくは何を云おうとしているのかわからず、あなたが戸惑っていると少年の影がちらちらと動いた。双眼鏡で見ると両手を合わせて拝むようにしている。

〈ありがとう、か……〉あなたはわかったと合図を返す。少年は嬉しそうに手を振る。

イシの女から〈早めの夕方だったらいるけど〉と電話が入る。イシに連絡をしようとしているとキクチが顔を覗かせる。イシからあなたと小便炊きの交代を云いつかったようだ。キクチは小便運びに使っている軽トラの鍵を渡し「材料と道具は荷台にあるそうっす」と独り言のように云い、無言でキッチンへ入っていった。

一時間後、女の部屋に入ったあなたは毛足の長い猫にまとわりつかれながら配管の修理をする。

「ねえ。長くかかるの？　うち、パーマの予約があるんだけど」

「そんなにはかかりませんよ」

女は洗濯用に取り付けられた水道の蛇口を外せという。イシが用意したのは白いハンドルの付いたものだった。配管の口径が違うのでパイプごと交換せねばならず、予想外に手間がかかった。

「あんた、臭いわよ。なんなの」

床に仰向けになったあなたにぺらぺらの部屋着の女が声をかける。

「へえ、ちょっと仕事で」

「ウンチかなんか食べたみたい、あっははは」

女はそう笑うと上からあなたの全身へ香水を振りかけた。

「ちょっ、ちょっとやめてくださいよ。仕事ができないっすよ」

「臭い臭い！　ウンチ男！」

飼い主がはしゃぐのにあてられたのか猫まであなたの顔に爪を立てようと引っ掻きに来る。

「ああ、もう！」

夕方、修理を終えたあなたはマンションの近くでふらふら歩いている少年を見つける。クラクションを鳴らすとヒロシは笑顔になり、駆け寄ってきた。「乗るか？」と訊くと笑顔で大きく頷いた。

あなたが「どこへ行きたい」と訊くと少年は「動物園」と答える。

「この近くに動物園なんかないぞ」

「あるよ。この裏に」

その言葉にあなたは小さな動物園のようなものがマンションの近くにあったことを思い出す。そこは花見の時だけ人が集まるような寂しい公園だったが、戦前からあるという噂を耳にしたことがある。少年の案内であなたは住宅街の細い坂を何度か曲がり、ごてごてと登りきった先にある公園の駐車場に車を停めた。

少年に手を引かれ園内に入る。キジ、猿、ライオンと見て回る。案外、広いことにあなたは驚いている。

「あれはなんだ?」

擂《す》り鉢《ばち》状の砂地に白黒 斑《まだら》の棒が固めて捨ててある。

「あれも動物か」

「あれはハリネズミ」

「え。あんなにでかいのか」

あなたは初めて見るハリネズミがスクーターほどの大きさに感じ、驚く。

その時、ハリネズミがパチパチ音を立てて動き出した。斑の棒が動き、離れると漫画で見たような顔が現れた。四匹ほどが団子になっていたのがわかる。

少年は動物が何を食べ、どこから運ばれてきたのかをあなたに聞かせて回る。

「おまえ、頭良いんだな。クラスでも一番だろ」

「学校行ってない。図書館で読んだの……」

ヒロシはベンチの上で足をブラブラさせた。「行きたいけど……ぼくは人間じゃないから。ここは、人の学校へは行けないんだって……」

「ここは、よく来るのか」

「夜中」

「夜中？」

「おとうさん眠っちゃうと朝まで起きないから。そしたら外に出るの。そしてここで目をつむってる」

「目をつむる？　なんで、夜なんかおっかないだろ」

少年は首を振る。「家のほうが、うんと怖い」

そう云った少年の首に丸く痣ができていた。

「それどうしたんだ」

あなたが触れると少年はびくりと躰を強張らす。

「絞められたのか」

少年は動かない。

「まぼろしとうだい」

少年があなたを見上げる。「おじさん、まぼろしとうだい知ってる?」

「え?」

「まぼろしとうだい?　なんだそれ」

「船に場所を知らせるのがあるでしょ。くるくる光が回る」

「ああ、灯台だな」

「あれ、夜中に出てくるんだって。夜中に布団のなかで目をつぶっていると瞼の裏がパッと明るくなる時があって、それが神様の灯台の明かりなんだよ。目を開けても部屋のなかは真っ暗なんだけど、また目を閉じるとパッ、パッって明るくなるんだ。灯台の明かりが当たってくるみたいに。その時に一生懸命心のなかでお願いすると叶《かな》うんだって
……必ず叶うんだって」

「へえ、誰に聞いたんだ、そんなこと」

「おかあさん。おかあさん、まぼろし灯台にお願いしたんだって」

「なんてお願いしたんだ」

「自由になりたいって」

ふたりは象の前に移動する。あなたは少年にカップ麺を手渡す。彼は美味しそうに食

べ、目の前を通ったカップルの女性がヒロシを見て〈かわいい〉と呟き、あなたに会釈《えしゃく》をする。

「大きいのがマモル、小さいのがアンジー。夜はこの裏から象舎に入れるんだよ。いま、柵になってるセメントの壁が修理中だから隙間があるんだ。ぼく、そこからマモルの檻に入ったことあるんだ」

「危ないだろ、そんなこと」

「大丈夫。足に鎖が付けてあるし。藁《わら》が一杯あって温かいんだ。誰も来ないし。マモルは大人しいんだ。ぼくはマモルにいろいろ話したよ。マモルは鼻で撫でてくれるんだ」

　少年はカップ麺を食べ終えた。

「おまえ、その灯台が出たらなんてお願いするんだ」

「おとうさんが、もうぼくを撲《ぶ》たないようにって……」

六

　昼前に来たキクチはポリタンクを運ぶと帰らず、鼻歌を唄いながら鍋を掻き混ぜていた。

「ご機嫌だな」

「へへへ」

あなたはキクチの機嫌の良さが気に入らない。敢えてすぐには理由を訊かず無視することにした。

「臭くはないのか？」

「臭いっすねえ。鼻がひん曲がりそうですよ」

あなたは鍋をキクチに任せ、ソファに転がる。ソファの生地が小便の湿気でぐずぐずになっている。その時、天井がキラキラするのに気づく。

キクチは鍋にかかりきっている。

「ガキが嫌いなんだろ」

「ええ」

「だったら捨てればいいじゃないか」

「なんですがね、元手がかかってますからね。あいつの母親、俺に金を借りたままトンズラしやがったんですよ。元は取り返してから捨てますよ」

「あんな子どもから何が取れるって云うんだ」

「えっへへ。それなんですよ」

天井の反射が一瞬、激しくなった。

「なんだよ」

キクチは鍋を見ながらニヤニヤしている。

「云えよ」

「あんた、怒るからなあ」

「云わなくても怒るぞ」

「ですよねえ。実はそろそろあのガキとはお別れできそうなんです。金が入るんでね」

「金が入る？」

キクチは頷く。顔には笑顔が貼りついたままだ。

「ガキがね。今朝、稼いでくれたんですよ」

「なに？」

「あんた、なぜ俺があいつを捨てないのか訊いてたでしょ。俺、あれを聞いた時、本当にあんたって負け犬だなってハッキリわかったんだよね。つまり、あんたは俺にとって何のメリットも生まない人種だってことがわかった」

あなたの視界の隅を激しく〈ヒロシの光〉が飛び交っていた。

いつもののんびりした感じではない動きにあなたは突然、不安になってくる。

「俺は周囲にいるやつなら、何だって利用する。親だって女だって敵だってね。あんたは逆だ。あんにゅいでメローでホドホドなオカマだ」

「貴様」

「あんたは俺には手が出せないよ。今朝、ここに来る前にイシのアニキに話したんだ。俺はあんたの立場を金で買う。だから、今日からあんたは俺の下っ端になるのさ」

「何云ってんだおまえ？」

「俺がなぜガキを捨てなかったか。それはあいつが使えるからさ。俺は毎朝毎晩、あのガキにテレビに出てくるような大きな会社のトラックに飛び込むように教えてたんだ。あいつはやる気だった。今年の誕生日が終わったらすぐにやる約束だったんだ。ところがあんたが下手にガキの心を変えちまった。あいつは云うことを聞かなくなっちまったんだ。だから……」

「だから？」

　キラキラする光が天井の一角で、まるで息を詰めているみたいに止まった。

「突き飛ばしてやったんだよ。棒でね。あいつ、とっとってまるでつんのめったみたいな格好で巧くトラックに突っ込んでったなあ。俺は奴に下りる保険金であんたを潰す！」

　その瞬間、あなたは立ち上がり窓を覗く。光は動いているが少年の姿は見えない。しかし、双眼鏡を使うと磨《す》りガラスに赤い手形が残っているのが見えた。

「あの野郎……」不意に呻くような声がし、見るとキクチが自室の窓を食い入るように睨んでいた。「怪我しても絶対に帰ってくんなって云ったのに……」

キクチが玄関へと飛び出す。

「どこ行くんだ！」

「もう一度、やらせんだよ！　あのガキ、今度は絶対に轢《ひ》き殺させてやる」

見たこともない剣幕でキクチはあなたを突き飛ばす。

キッチンに入ったあなたは素手で煮えたぎる鍋を掴むと、靴を履こうと座っているキクチの頭から中身を浴びせる。

身の毛もよだつ絶叫、肉の爛れる臭い、アンモニアの蒸気で玄関は騒然となる。あなたは掴みかかってきたキクチを殴り倒すと女の部屋で交換してから置きっ放しにしていたパイプでキクチを殴りつける。先端の蛇口が煮とろけたキクチの柔らかい頭部にしゃくりと音を立てて埋まる。引き抜こうとするとキクチが首をねじるようにして頭ごとついてきて喚いた。あなたの脇腹にキクチの指が食い込む。ゾッとするような痛みにあなたはキクチの腹を蹴りつける。笑ったような変な喚き音がし、キクチの頭に穴が開く。ドッと血がこぼれ出し、奴はそれに慌てたようにくるくると二回まわった。あなたは女のパイプをさらにキクチの顔に叩き付ける。顔皮がべとべと剝がれパイプにくっつく。あなたは皮のちぎれるのもかまわず、パイプを抜き、更に殴る、殴る殴る。

キクチは床に仰向けになって倒れ、驚いた顔をして動かなくなった。

チャイムが激しく鳴り、ドアが叩かれる。あなたが開けるとパジャマ姿のでかい男が顔を真っ赤にしている。そいつは「うるせっ……うわっ！」と口ごもってあなたを見る。

あなたは男を押しのけ、パイプを摑んだまま外に飛び出す。

ヒロシのアパートへ行くとドアは開いていた。

「ヒロシ！」

あなたが叫ぶと布団の上で血まみれになっている少年がゆっくりと手を上げた。

「おじさん……」

鏡が握られていた。

あなたは少年を抱いて飛び出すと以前、賭場で腹を抉られた客を運びいれた闇医者へと駆け込んだ。

七

「すぐに連れて出て行け。めいわくだ。医者はいくらでもよそにある」

「ここが一番近かった。それに俺は父親じゃないからな。説明がややこしい」

渋る医者を無理矢理、脅すような格好でヒロシの手当てをさせた。その間、あなたはイシが管理している別の売り子に連絡をし、指示があったと嘘をついて〈売り上げ〉を回収。おまけにそいつが売り残していたヤクを知り合いにこっそり捌《さば》いてやるからと預かっていた。あなたは酒焼けした老人の前に札の塊と膨らんだ封筒を置く。

「これで、落ち着くまであの子の面倒を見るんだ」

医師は興味なさげに封筒の中身をあらためる。

「ヤクなんか何のヤクにもたたんな」

「ここに来るシャブ中に売れよ。あんたならこそこそ隠さず堂々としまっておけるだろ」

医師はふんと鼻を鳴らした。「大腿骨《だいたいこつ》が折れているし、肋骨《ろっこつ》も同様だ。頭蓋骨にもひびが入っているだろう。きちんとした検査を受けさせなきゃならん。ここにはそれがない」

「じゃあ、あんたが探すんだな」

「莫迦な。なんで俺が……」

あなたは医師のネクタイを思い切り引き、頭突きを食らわせる。

「それ以上、ご託を並べるな。あのガキに何かあったら、あんたの娘にも同じことが起きる。それだけは憶えておけ」

医師は痛みに顔をしかめつつ、頷いた。

ヒロシが目覚めたのは日付が変わろうとする頃だった。

医院の書庫の一角が片付けられ、狭いベッドが置かれた。人形のように白い顔をしたヒロシがシーツに覆われていた。

「痛むか」

あなたの問いかけにヒロシは首を振る。

「ゆっくり眠れ。ここには誰も来ない。安心しろ」

「うん」ヒロシは頷くと目をつぶった。点滴に鎮痛剤が入っていると看護師が云っていたのをあなたは思い出す。

小さな窓から満月が覗いていた。雲もなく青白く街が光っている。

「おじさん……」

「なんだ」

「とうだい……ぼく……灯台見たよ」

「そうか」

「もう、おとうさんがぼくを叩いたり、変な薬をしないでってお願いしたんだ」

「そうか」

「叶うと良いな」

あなたは尻ポケットから煙草を取り出すと火を点けた。

〈自分は死ぬ〉という予感が胸の奥からわき上がってきた。

「叶う……それはきっと叶っている」

「よかった」ヒロシはそう云うと、ふーっと長い溜息をついて再び眠りに落ちた。

あなたは少年の寝顔を見つめながら、煙草を吸い口ぎりぎりまでゆっくりと吸った。

「出て行ってくれ。あんたを匿うまでの分は貰ってない」

あなたが廊下に出ると受付の小窓を開けて医師が顔を覗かせた。あなたはそれに向かって吸い殻を投げつけると玄関を出る。


通りに出てタクシーを捕まえるつもりだった。

二人組の酔っ払いがすれ違いざま、羽交い締めをしてきた。

喉元にナイフが当てられた。ふたりとも酒の臭いはしなかった。

「車に乗れ。騒いでも同じだ」

あなたは抵抗をやめる。暗がりで待機していたバンが現れ、あなたは入れられる。

「よう。キクチがよろしく云うてたで」助手席に座ったイシが笑いかけ、あなたに向かって何かを放り投げた。

膝の上に見慣れないものが載っていた。鳥のようだが咄嗟に部位がわからない。が、それに歯が並んでいるのを見て、あなたはそれが人間の下顎だとわかる。皮が半ば溶けてなくなっていた。

「あいつ、小便をポン中だけやのうて、病院からも集めてけつかる。おかげで成分がガチャガチャで使い物にならへんと云われたわ。おまけにおまえの頭に位上げさせえと云うてきてな。あれ、ヤクが完全に頭に回ってしもうたんやな。おまえにも迷惑かけたな」

「いえ」

「まあ、しゃあないな」イシが呟く。

車がヒロシのアパートのそばを通った。あなたは動物園のことを思い出す。

『アニキ殺す……近々な。今度は絶対。いつまでも放っとけないだろ。莫迦野郎』

突然、スピーカーから自分の声が聞こえ、あなたは驚く。音源はリピートされ、車内の空気が固まっているのがわかった。

イシがオーディオのスイッチをオフにする。

「おどれもデカい口、よのぉ」

「違います！　それはあいつが作ったんです。キクチはそういうのが得意なんです」

「ほうか。ほしたらわしの得意も見しちゃるけえの。よう、味わえや！」

不意に後ろ髪を摑まれ、仰け反らされると口の中に硬いものが突っ込まれた。びりびりと音がすると顔がねじ切られるような激痛が走る。喉から熱いものが溢れる。硬いものが舌を削り、頬を抉り抜いた。

「おお、男前じゃ。男前になったで、やっぱし、男は顔に傷があってなんぼじゃ、あはは」

　あなたは、のし掛かっている相手に口の中の血反吐を噴きつける。相手が喚き、顔を覆う。一瞬、外したナイフを摑んだその手を使って自分を押さえ込んでいた男の喉を抉る。あなたは驚いた顔のイシに摑みかかると目玉に指を突っ込み、瞼ごと中身を引きちぎる。車全体が激しく音を立てて揺れる。運転手が前のめりになる。襟を摑まれ、振り返るとナイフの切っ先が今まで見たことがないほど近くに迫り、顔に埋まった。あなたは相手を殴りつけて外に飛び出す。轟音《ごうおん》がし、地響きと共に鼻先をトレーラーが掠めていった。激しくクラクションが鳴らされ、何台もの車が急ブレーキをかけるなか、あなたは幹線道路を血まみれの顔で渡る。

　よく見えぬなか見回すとヒロシと来た動物園に近いとわかる。あなたは勘を頼りに走り出す。細い住宅街の路地を何本か抜ける。目がかすみ、何度も電柱や立て看板に躰をぶつける。まっすぐに走れない。片方の目しか見えていないのに気づく頃、動物園の入口を示す〈こどもの絵〉が現れた。

　顔に触れると風船の破れたようなものが下がっていた。目玉が流れてしまっていた。

「いたぞ！」イシの狂ったような声が背後で破裂した。

『象の檻には藁が一杯あって温かいんだ。誰も来ないし』ヒロシの言葉が脳裏に浮かぶ。

あなたは修理中の壁を抜け、象舎に隠れることにする。イシに捕まるよりは警察に捕まった方がマシだった。朝になれば職員が俺を発見するだろう。それまでは絶対にイシに見つかってはならない。イシの前職は解剖医だ。奴の好きになりたくはなかった。

しかし、視界が利かない。潰されたのは片方だけなのになぜか無事なほうまでが暗く、どしゃぶりのように風景がブレていた。

足がもつれ、激しく顔面を打ち付けた時、枝をすりつけるような音がした。あなたは自分がハリネズミの前にいるのがわかった。暑いので外に出しているのだ。

あなたは記憶を頼りに歩く。そして象の檻を見つける。檻に沿って進めば裏の象舎へと回り込める。

ホッとした瞬間、「あそこじゃ！」と叫ぶイシの声を聞く。

あなたは駆け出す、が、足音も迫ってきた。

暗がりを利用しながらあなたは回り込む。そして工事に使う材料が積んである場所を見つける。手探りで進むと煉瓦《れんが》の壁を発見し、あなたは嬉しくなる。思わず心のなかでこう呟く。『かみさま、ありがとうございます』

手で未完成部分を探る。生乾きのセメントの臭いがする。道具を蹴飛ばすと音が響いた。が、壁は塞がっていた。人が通れるほどの隙間は今は〈生温かい壁〉で埋まってしまっていた。驚きのあまりあなたは壁を押す、が、壁はびくともしない。背中で押し開けようとするが弾力はあるものの崩れる気配は全くなかった。

「おい！　あそこじゃ！」その声にあなたは嗚咽《おえつ》のような声を漏らす。

『かみさま！　あんな人間に殺されたくありません！』

その瞬間、閃光《せんこう》があなたの脳裏を駆ける。あまりの眩《まぶ》しさに息を呑むが、それが目に映る光ではないことはすぐにわかった。その光は両の眼へと堂々と平等に当たっていたからだ。背中を預けた壁がどくんと波打ったように感じられた。

もう一度、更にもう一度、光が彼岸と此岸《しがん》をぐるんぐるんと照らすように明滅した。

ヒロシの声がそのまま蘇《よみがえ》る。

『まぼろし灯台……一生懸命心のなかでお願いすると叶うんだって……必ず叶うんだって』

腕がぐいと摑まれた。

「このガキ、手間かけさせやがって」イシだった。

あなたは手を振り払い壁にくっついた。

光は明滅していた。まぼろし灯台はあなたの前に現れていた。

『かみさま！　お願いします。俺をこの壁の向こうへ。壁の向こうへ逃がしてください！』

言葉が終わると灯台の光が何万倍もの強さとなり、あなたは気を失いそうになる。

光のなかから何か大いなるものが近づいてくるハッキリとした気配を感じた。

と、壁が自分を飲み込み始めた。

悲鳴をあげてイシが離れるのがわかった。

「なんじゃ、こりゃあ」

あなたは壁のなかにゆっくりと吸い込まれる。なかは真綿のように柔らかく、温かい。しんみりとした眠りが骨の髄から忍び寄るのを感じ、あなたは嬉しかった。

# 八

フダタエが夫のヤソキチと動物園の片付け部隊として雇われたのは五年前、前任者が孫の家に引き取られてからだった。ハローワークで紹介されたのはヤソキチだったが園長の許しでタエも働けることとなった。夫婦は若い職員が登園する一時間前に園内の見回りを兼ねた掃除を行うのが日課だった。それに何かがあった時には遠くから通勤している園長に代わり、彼らが先に軽い応対をするというのが暗黙の了解でもあった。

「あれ、また象が出とる」竹箒《たけぼうき》を手にしたヤソキチが不満げな声を上げた。

「昨日は暑かったから外に出しといたんだろう」

「それならそう云ってくれないと、また事故が起きたらかなわん」

昨年からたびたび酔っ払いや若者が夜中に侵入する事件があり、外壁をもっと高くし、住宅側からも簡単に忍び込めないようにしようということだったが、まだ予算がつかないということで延び延びになっていた。

タエは象舎を見た。牝《めす》のアンジーは藁の上にいたが、牡《おす》のマモルがいなかった。その時、タエは夫の声を聞いた。初めは何かの機械の音かと思ったが、何度もするのでそれが自分の夫の声だとしれた。

舎から出ると夫がマモルの脇で尻餅をついていた。

「どうした？　転んだのか！」

ヤソキチはマモルを指さしたまま首を振った。

タエが近づくと夫は口から泡を噴かんばかりだった。

「なにをそんなに……」

夫が指す先を見てタエは失神した。

それは今年、三十七歳になろうというインド象の尻から人間の腕が突き出た姿だった。

あなたは壁の隙間にもたれ掛かって休んでいた象の腹の中から――正確には尻から取り出される。死亡が確認されるのはその日の夕方のことだった。

# 報恩捜査官夕鶴

# 一

「全くもっておめえは役立《やくだ》だずだのぉ！」

東京は桜田門、警視庁の大会議室。満座の警察官を前に警視総監の声が響き渡ります。

怒鳴っているのは当代きってのやり手キャリアで数々の難事件もぺろりと解決してきた『ぺろりの三郎』こと山守山吉《やまもりやまきち》。怒鳴りつけられているのは庁内きっての善人であるところの四票《よひょう》刑事でした。ヨヒョー刑事はまたしても担当させられている大量連続殺人事件の犯人を取り逃がしたばかりか、同姓同名の他人を射殺しかけてしまったのでした。

「すんません！」

山守のあまりの剣幕に四票は床に手を突いて土下座します。

「親分、堪《こら》えてつかぁさい！　儂ゃあ、故郷《くに》のおふくろのことが気になって気になって……」

「ええい！　そっだらことが言い訳になるわけねえべ！　おめえさは赤の他人を撃ったんだぁ！　それはどげえにして謝るつもりだは」

「おお、そげなら儂ゃ、うちの冷蔵庫にぶち酸っぱい、いなげな豆腐があるでぇ、それを手土産に謝りに行くんじゃけぇ！　堪えてくんさい。この通りじゃあ」

「そんだらことでぇ。辛抱たまるけぇ！」

ポケットのピストルを抜いた山守が、正に四票を射殺しようとした瞬間。

「まあまあ、山守さぁん。これぇも、これだけ謝っとるんじゃけぇ」とふたりの間に割って入った者があります。歳は山守よりも二、三歳若いその五十がらみの男は、四つん這いになって震えている四票の肩をソッと叩きます。

「なあ、四票よ。われも二度とこがぁな失敗すんな……のぅ」

「も、もうせんです。ぐっすん。ぐっすん大黒」

「なんの莫迦ごげ！　ごったら者《モン》は前《めえ》にも囮《おとり》捜査の女《おなごし》を猿《えて》破りにしたべぇ」

「あ、あれは。あげなおなごがラッパが吹きてえ、ラッパが吹きてぇと、のたくるもんですけぇ。しゃあなく……」

「なあにがラッパだ！　あれはおめ国家公安委員長の妾《めかけ》の娘だぞ！　儂の首が吹っ飛んでしまうべぇ」

「でもラッパが……儂《の》のラッパを！」

「つあぁ、邪魔くせぇ。退け！　榎津《えのきづ》！　こったら者《モン》は射殺だ射殺！」

山守が土下座している四票の後頭部に銃口を突き付け、ぐりぐりします。

「まあまあ、総監さん。あんた、そがぁなことしたらここにいる者《モン》全員に殺人現場を目撃されることになるんでっせ。それでもええ云われるんですか」

「誰が目撃だと」

山守が周囲を見回すと千人ほどの警察官が全員、『うおお！　目が見えねえ！』『誰かぁぬ、誰かぁ、殺してくれぇ。もう何も見えねえ！　だめだ！』『光を！　もっと光を！』と叫び、転《まろ》び始めました。

「死ね！　四票！」

山守が銃爪《ひきがね》を絞った途端、その撃鉄の間に榎津が指を差し込みました。ボギッと鈍い音がし、撃鉄は弾丸の尻を叩くことなく榎津の指を薄く砕いただけで止まりました。

「……えのきづ……」

「へへへ。昔を思い出しましたよ、山守さん。四票、これからは心を入れ替えち、国家国民の為に働くと誓え」

「へ！　へぇぇ！　ち、誓う！　誓います！　誓います！」

「今日は、この折れた儂の指ぃ免じて、これの命を儂にひとつ預けちゃくれんですか」

「おまえはそれほどまでに、この糞莫迦愚鈍異常性欲路頭暮らしのクズを……」

「儂らぁ、みんな刑事じゃぁないですか……のう？　みなさん」

榎津がそう問うと、どこからともなく拍手が起き、それはやがて会議室全体を揺るがす大きなうねりとなった。泣いている……誰もが肩を抱き合い、泣いている。そうだ俺たちは刑事なんだ。みんな刑事だ。タタキだってガイシャだってゲソッキだってみんなみんなリブしているんだマブダチなんだ。

「榎津さぁん！」

「畜生……儂の負げだぁな」

「総監、お手柔らかにお願いしますよ。ははは」

山守が榎津にハイタッチをすると彼は苦痛に苦笑しました。

四票は榎津の足元にすがりつきながら、いつまでも嗚咽し、夕陽が称《たた》えるように部屋の全員をいつまでもいつまでも赤く染め上げていましたとさ。

二

紀尾井町の民間なら二十万は軽く超えるであろう家賃三万円の官費マンションの一室で四票は溜息を吐いていました。

「はあ〜。儂ゃあ、どうしたものかの〜」

あれから帰宅した四票は官費で食べ放題になっているカップラーメンを十杯食べ、すっかり腹具合が悪くなっていたのでした。

「儂ゃ、頭と腹が弱いしの～刑事以外は向いとらんのじゃ～。もう寝るわい」

するとそこへチャイムが鳴りました。ドアを開けると指に包帯を巻いた榎津がカップラーメンの入った袋を手に立っていました。

「四票、暇じゃろ」

「いや。もう儂ゃ、頭がくさくさしますけ。寝たろう思うちょってですから」

「寝るのは死んでからにせんかい」

榎津は入るとすぐに煙草に火を点け、話を始めました。

「四票、こんなぁ明日からアテンドじゃ」

「あてんど？　オムツですかのぅ」

「それはこんながせぇ。明日、ＦＢＩから捜査官が来日しよる。帰国するまでこんなが世話係じゃ」

「げぇ。兄さん、相手は米国人ですろ。英語をしゃべるんと違《ちゃ》いますかの」

「それはそうじゃろ」

それを聞いた四票は慌てて手を振り、畳に頭を擦り付けました。

「兄さぁ、後生ですけ。それを儂にやらさんといてください。儂ぁ、エーゴ云うンがクソ小難しくてですねえ。試験の時も替え玉したほどですけぇ。たのんます。後生ですけぇ」

「阿呆。儂にそがぁなことできるわけがなかろうもん。決めたのは上よ。厭ならとっと辞表を書くんじゃの」

「じ、ジヒョー？　辞表云うてですよ。儂ゃ、故郷に働きもせんで酒呑んでは人を騙《だま》くらかしたり、殴って物盗んだりする弟や妹がようけおりますけん。奴らのためにも稼がにゃならんのですよ。のう、なんとかなりゃせんですろうか……」

「無理じゃ。山守総監のご指名なんじゃ」

「総監の……はあ。儂ゃ、心底、嫌われてしもうたんですねえ」

四票はがっくりと肩を落とした。

黙って煙草を吹かしていた榎津が口を開いた。

「なあ四票。こんながいくら粋がって見せたところで所詮、儂らぁ将棋の駒よ。上が摑んでどこかに置く。そこで精一杯、働くほかないんじゃき。動かん駒は盤には要らんのよ」

「盤には要らん……」

「ほうよ。哀しいがそれが組織よ。はれ。ここに集合時間と場所を書いてある。遅れんとぉに行けよ」

「へえ」

「それによ、相手は難事件をいくつも解決したいう凄腕のプロファイラーらしいで。ちったぁ、こんなの勉強にもなるじゃろう」

その翌日のことでした。四票は榎津のメモにあったとおり成田空港の到着ロビーにいました。四票の他に捜査員は五名いましたが、顔見知りではありませんでした。

……なんで儂、ひとりだけ知らんなかに放り込まれたんじゃろ。厭な役目じゃ。

手持ち無沙汰で俯《うつむ》いているといきなり周囲の男達に緊張が走りました。到着ゲートを越えてスーツ姿で決めた雄牛のような外人たちがぞろりぞろぞろと出て来たのです。

四票達のなかでリーダー風味の者がさっそく英語でぺらりぺらりと挨拶をし、大袈裟な身振りで声を上げて笑ったり、握手します。四票も流れついでに握手しましたが、相手の手は鬼のように大きく、力強いものでした。

……米国ではこげな熊のごたる者《モン》でもなけりゃ、刑事はやれんのじゃあ。怖ろしいのう。

四票は男達のなかでひとりポツンと取り残されたように立っている女性に気づきました。彼女は黒髪で、見、日本人のように見えます。

彼女は四票と目が合うと照れたように微笑み、こっくりと頭を下げました。

……どうも。

それにつられ四票も会釈します。

「おい。おまえ」

突然、リーダー格の男が呼びつけました。見ると既に他の者は挨拶を終えているようでした。

「こちらはＦＢＩの凄くえらい人だ」

そう紹介された外人は四票と握手をすると抱き始めました。

……米国では男同士でもこがあにして抱きあうんじゃな、儂にゃあやれんわい。

四票は曖昧な笑みと曖昧な虚《うつ》ろでその場をやり過ごそうとしました。

「よひょうさん」

不意に名を呼ばれ、四票はびくっとしました。見ると外人が連れてきたあの女の人が側に立っています。

「よひょうさん……ああ、やっぱり、よひょうさんだったのですね」

「あ、あんた……」

女の人は目に涙を一杯溜めて頷きました。

「わたしは……」

「WAIT!HOLYSHITMOTHERFUCKERGODDAMNEDKETSUGEBURGER!」

女の人が自分の名前を告げようとした途端、周囲の外人が大きく狼狽《うろた》え、互いに顔を見合わせると待ち受けていた警視庁の男たちに呑みに行かないかと誘い、それを断られるとエスカレーターに乗ってどこかに行ってしまいました。

「あれら、どうしたんでしょうか」

「わからん。彼女が名前を云うのなら終わった頃に戻ってくると……」

再び、四票が向き直ると彼女は全員に一礼しました。

「みなさん、今日は私のようなもののためにご参集戴き、誠にありがとうございます」

「あんたぁ、日本語がえろう達者じゃのう。それに見てくれもまるっきり日本人じゃ。ご両親は日本の方なんじゃろか」

「いいえ。私は生まれも育ちもルイジアナ州はバトンルージュです。父はミルウォーキー出身のフランス系アメリカ人、母はニューヨーカーでアイルランド移民の二世です」

彼女は紙入れから写真を取り出しました。背の高いふたりの金髪の大人の間に金髪のバービー人形のような少女がはにかんだ様子で立っています。

「こりゃあ、あんたか？　まるっきり顔も形も赤の他人のようじゃが」

「わたしです。実はこの直後に町で可哀想な日本人の男の子が無慈悲な莫迦野郎によって射殺されました。私はその子のことが可哀想で可哀想で毎日毎日、五十度から六十三度の熱を出して寝込んでいたのです。そして熱が下がったらこうなっていたのです……」

「なるほどのう。それはありえるかもしれん」

その時、四票は脇腹を肘で強く突かれました。他の男達がどこから見ても日本人にしか見えない生粋の米国人であるＦＢＩの敏腕プロファイラーと仲良く話す四票に生熱《なまあつ》な嫉妬を感じたのでしょう。

「ああ。すまんすまん。のう、あんた、この人らにも挨拶して」

「はい。申し遅れました……わたくしは名を昔昔、ある所に……」

それから二時間半ほど彼女の名前は続きました。とても長い名前でした。途中でトイレを我慢し過ぎた者は失禁し、また立ちくらみ、そして膝がぶるぶると震えて前屈みになりました。全員が蒼褪《あおざ》め、痙攣し、口から泡を吹いています。しかし、四票だけはその物語のような名前が面白くってしかたがなく、けろりとしていました。

「……どっとはらいマスミです」

ようやく名前を云い終えたときには彼女の額にもうっすらと汗が浮かんでいました。四票は思わず拍手をしていました。それほど名前が面白かったのです。

「あんたぁ、面白い名前じゃのぅ。けんど、ちぃと長いの」

彼女はにこりと笑って頷きました。

「そうなんです。ですから省略して〈おつう〉と呼んでください。知り合いはみなそうしています」

「おつう？　たったそれだけ……」

歪《ゆが》みきった顔を更にゆがめてリーダー格の男が呻きます。

「ええ名前じゃのぅ」四票は感慨深げに頷きました。

と、そこへ酩酊し、すっかり真っ赤になった外人達が戻ってきました。

「クソジャップ、ナマエ、オワッタカ」

リーダー格が頷くと外人達は全員で手を叩き合って喜びました。

「大変です！　理事官！」

そこへスマホを持った刑事のひとりが割り込んできました。

「この近くで謎の殺人事件が発生した模様です！」

三

被害者の躰は刈り入れの終わった田んぼの真ん中にありました。

……こりゃあ、難事件じゃ。四票はすぐにそう思いました。なぜなら現場は周囲から見渡せる場所であるばかりではなく、死体は安楽椅子に座らされていたからです。

……昔っから難事件には安楽椅子が登場するんじゃ。

駆けつけた地元の警察官や四票共々やってきた警視庁の刑事達もすっかりお手上げの様子で首を傾げています。

「目撃者はどこにもおりません」

警官の報告を受け、リーダー格の顔は苦りきり、曇りきりました。

「足跡も指紋も地元の発見者のものばかりで真新しいものはないようです」

鑑識の禿《はげ》が頭を下げました。

「くそぅ」リーダー格は被害者の傍らに立ち、空を見上げました。鳶《とんび》がくるりくるくると輪を描いています。

四票も見てみると舌を切り取られ、目玉を抉られた被害者は全身を四十カ所近く刺されていました。どこかから運ばれた様子はありません。ここで全てが行われたのです。しかし、村の人たちは一切、何も見聞きしなかったというのです。

「まずは死亡時間の特定から始めなくてはな……」

リーダー格が四票以外の全員に向かって呟きました。言下に『この事件《ヤマ》は下手すれば残りの刑事人生を棒に振ることになるぞ』という意味が籠められたのを誰もが理解していました。

「お、そうだ。四票くん、これは君が専任で担当しろ」突然、リーダー格が云いました。

「え？　儂がですか？　なんでですろう。儂ゃ、本社でやらにゃいけんことが、まだ、えっとありますけぇ」

「しなくていい」リーダー格がスマホを四票に渡しました。

『おまえがやれ。終わるまで帰ってくるな。山守』とラインが入っています。

「げぇ」

振り返ると地元の刑事が指を突き付けてきました。

「俺たちはあんたらに一切、協力しない。俺は東京モンが大嫌いなんだ。事件の解決など糞喰らえだ。捜査の邪魔はしても協力はせんから、そう肝に銘じておけ！　一生地べたに這いつくばって田んぼの肥やしになれ」

「そがぁな……」

やりとりを見ていたリーダー格は微笑みながら四票に呟きました。

「まあ、ああしてみんな期待してくれているんだ。君も全力を尽くして期待に応え給え」

それを機に捜査員達は〈外人の警官達は栄のソープに行ってしまい、ここにはいません〉〈よかったよかった〉と胸をホッと撫で下ろしながら引き揚げ始めました。

……儂ゃあ、こがあな天涯孤独の地でどげえして、こげな難事件を解決できるじゃろ……。

そう四票が溜息を吐いた瞬間、「じゃすと・あ・もーめんと！」という声が響き渡りました。その梅に鶯《うぐいす》のような声の持ち主こそ、おつう（本名：略）だったのです。

「わたしに手伝わせて貰えないでしょうか」

「昔昔……あ、間違うた。おつうさん、あんたが？」

「はい。四票さん。わたしも捜査員の端くれとして是非、お手伝いさせて戴きたいのです」

「しかしねえ、あんたは警視庁の賓客だし、こんな糞みたいな土地の糞みたいな事件に関わらせるわけにはいかんのだよ。私たちのメンツというものがあるからね。ここはこのロクデナシに任せて麻布で遅めのアフタヌーンティーとでもしゃれこもうじゃないか」

するとおつうがリーダー格の男にスマホを突き付けました。

「ぐはっ！」男の顔がみるみる桃色クローバーからドス茶色クローバーに変わりました。

「あれは、どうしたんなら？」

「FBI長官とインターポールのシンガポール総局長からわたしに事件を手伝わさなければ彼の家族親戚友人の全員を見たこともない緑色にするとラインして貰ったのです」

「ミドリイロ？」

「そうです。緑色ですよ、四票さん」

きっぱり云い放つおつうの顔は今まで見たこともないほど峻《しゅん》厳《げん》で恐ろしいものでした。

「恐ろしいのぅ～」

更にいろいろとおつうのラインを弄っていたリーダー格の男はふらふらしながらスマホを返しました。目から滝のような涙が溢れています。

「あんたの好きなようにしなせい」

男は仲間を引き連れ乗ってきた黒い車で走り去ってしまいました。

おつうは地元の刑事にブルーシートで遺体を周囲から目隠しするように囲むよう指示しました。警視庁エリートの異変を目の当たりにした彼らにはおつうの指示に抗弁する余力は豆ひと粒分も残っていませんでした。忽《たちま》ちのうちに遺体は青い薄壁に囲まれました。

「これでどうでしょうか？」

「けっこうです」

おつうはシートの入口に立ちます。

「それじゃあ、やるかのぅ」

現場保存されたシートの入口を捲った四票の手をおつうはソッと止めました。

「四票さんはこちらで待っていてください」

「え？　なしてよ」

「わたしが事件を解決する姿を決して見ないでください、そして誰にも見せないでください。その代わり、きっときっと犯人を捕《とら》まえてみせます……」

「おつうさん……あんたそれほどまでに儂のことを」

「はい。わたしはあなたに恩返しをするため一万キロを渡ってきたのです……」

いろいろと云っていることは滅茶苦茶でしたが四票はじーんと来ました。なにしろ尊い人命が失われているのです、四の五の云っている場合ではありませんでした。

感動の渦に巻き込まれながら四票はシートの中におつうを送り込むと地元の刑事に不審者が周囲からこちらを窺っていないか目を凝らせ、シートの中は見るなとシッタとゲキレーをしていました。すると中から、おつうの小さく唄う声が聞こえてきました。

♪竿、めくりなさい〜摘みきったオカマを〜なけなしで、買ったその小銭を内股でソッと挟みましょう〜♪

十分後、おつうが姿を現しました。心なしかぐったりと疲れて見えます。

「大丈夫かい」

おつうは返事をせず頷きました。

「犯人はわかったのかね」

地元の刑事が嚙み付くように云うと、おつうは遠巻きにしている野次馬をぐるりと指差しました。

「いま、ここで見物している住民を全員集めてください。説明します」

「ぬな！　否、なぬ？」

ブラシのような口髭を生やした刑事が早速、警官を走らせました。

やがて、野次馬が集められました。

みな、一体何ごとかと不審そうな顔をしています。

「みんな、悪いなぁ。こちらの刑事さんがお話があるそうなんだ。聞いてやってくれ」

紹介されたおつうは野次馬に一礼しました。全員で二十人はいます。

「わたしはＦＢＩからやってきました。名を昔昔……」

「あ、それは止めぃ！」四票が慌てて遮《さえぎ》りました。

「失礼しました。おつうと云います。犯人はあなたたち全員です！」

「げぇ」一番大きな声を出したのは四票でした。

「なにを莫迦な！」刑事が叫び、警官達が首を傾げ合っています。

「みなさん、全員で彼を刺殺し、死体を夜も明けやらぬうちに田んぼに運んだのです。目撃者は全員です。しかし犯人だったので見なかったと云ったのでしょう」

「お、おつうさん……あんた」

いまにも飛びかかりそうな野次馬達の顔色に四票は彼女の腕を引きました。

その瞬間、居並ぶ野次馬の一辺が総崩れしました。

『うわあああ！』すると残りも地べたに膝を突き、泣き喚き始めました。

「あの男は、鬼か野獣《けだもの》のような金貸しだ！ ここら一帯の者《モン》はみなあいつのおかげで家を売り、土地を売り、娘を売り、魂を売らされたぁ！ まるで生き地獄だったたんじゃあ。だからだから……俺たちには……俺たちにはぁ！ これしかなかったんだぁぁ！」

中年の男がそう叫び、野次馬全員がそれに続いてそれぞれが叫び始めました。

野次馬の自白を確認した屈強そうな警官のひとりが刑事に強く頷きます。

「おつうさんとやら。これでこの難事件も解決しました。礼を云いますぞ」

狐に摘《つま》まれたような顔の四票の耳におつうの歌声が更に流れてきたのです。

♪わ〜きぃ汗がじょびじょばぁたから。男の古着は汗を吸った天使〜。こめかみの引き攣《つ》れが剥けても〜少女の腋汗《わきあせ》のぬめりを拭って晒して明け渡してぇ〜マドンナ……♪

# 四

「おい！　えらい売り出しようじゃないか」

部屋にいた四票の元に榎津が現れ、手にしたスポーツ紙を拡げました。

「天才捜査官出現！　あらゆる難事件を片っ端から解決か？　なんじゃあこりゃ、解決かぁやないで？　ズバッと解決しとろうが、のう！」

榎津はよかったよかったと云いながら買ってきた酎ハイをテーブルに並べます。

「山守総監もすっかり面喰らっとったで。四票の奴があげなえらい男じゃったとは気づきもせんかった、おかげで桜田門にも一本筋がビシッと通った云うての〜。これでこんなの将来もすっかり安泰じゃ」

しかし、四票は曖昧に笑みを浮かべて頷くだけでした。

「なんよぅ、その面ぁ。周りが褒めとるんじゃけ。素直に喜びゃえぇんじゃ。のう」

あの『オリエント急行版田んぼ殺人事件』（スポーツ紙が名付けました）から既に三ヶ月が経とうとしていました。その間に四票とおつうのコンビは『諏訪御柱丸呑み偽装自殺事件』『池之端文化センター偽テレホンショッピング撲殺事件』『六本木ヒルズおかあさんぼくはもう疲れ果ててしまいました連続爆死事件』『江ノ島ああ儂はもう貝になりたいんじゃ人間溶解事件』『津軽わだばゴッホになる版木圧死殺人事件』『よしもと笑え莫迦野郎客席大炎上事件』と六件の殺人事件を解決し、そのいずれもが捜査員達も首をボッキと傾げるほどの難事件だったのです。

「ほんに、本社じゃ毎日毎日、こんならの噂でもちきりじゃあ。このままじゃ儂らの仕事がなくなるー云うてのぅ。うわっははは。先輩の儂も鼻が高《たこ》うて折れそうじゃわい」

「はあ」

四票は酎ハイに手も出さず項垂れています。

田んぼ事件の後、おつうは周囲を説得したおし日本でのカリキュラムと予定行事をさっさと済ませた後もそのまま留《とど》まり、応援要請のあった難事件へ積極的に関わるとまるで鼻をかむように解決してしまっていました。そしてその際に必ず相棒として指名するのが四票で、それ以外の人間と組むことはおろか、通常であっても他人を近くに寄せ付けることは必要最低限に止《とど》めていたのです。

「なんなら、こんなどうしたんじゃあ」

四票は思い切ったように榎津を見つめました。

「兄さん、儂ゃあ、もうやれんです」

「なにがよ」

「世間じゃ、手柄じゃ手柄じゃ云いよりますが、あれはみなおつうがしたことですけぇ」

「そんな謙遜せんでもええ。儂とこんなの仲で水臭いじゃない」

「いいえ。ほんまのことですけぇ。儂ゃ、あのおなごがブルーシートの中に入りようのを手伝うんと他の者《モン》が覗かんようにしとるだけですけぇ。なんもしとらんです。あんなもんは犬でもしよりますけぇ。儂ゃ、褒められるたんびに恥ずかしゅうて恥ずかしゅうて……」

「そがあに云うてもよ。あのおなごは、こんなでないとよう捜査できんと云うとるんじゃないのか？」

「それはそうですが」

「なら、なんの問題もないじゃない。堂々と胸張ってよ。儂も事件解決に汗掻いたんじゃ云うて、歩きゃあええじゃない」

「そうですろうか……儂ゃ、他の者《モン》に代わって貰いたい思うちょります」

「莫迦垂れ！　そがあなことしてこんなの立場はどうなるんじゃ。またいままでのボンクラの負け犬に戻りたい云うンか」

「ですけえ。儂ゃどうしたらええんかわからんのです。もし儂がなんもしとらんことがバレたら、それこそ生き恥ぃ晒すようなモンですけ……」

四票は俯いたまま嗚咽を漏らしました。

その様子をずっと眺めていた榎津はポンッと肩を叩きます。

「なあ。殺された者《チン》はよ、自分の恨みを晴らして貰えりゃそれでええのよ。それをこんながしようが、あのめっこがしようがよ、そがなこと何の関係もありゃせんので。第一、あげな事件を立て続けにぱぁっと七件も解決したらで、死んだ者《モン》は感謝しとるばかりよ。のう、難事件を解決する云うンは、スピード違反千件捕まえるより難しいんで。死んだ者《モン》もその家族もえっと感謝しとるのに。こんながそがな了見でいてどうするんなら。それで警視庁の刑事じゃ云えるンか？　男になりゃせんじゃないか」

「すんません、兄さん」

榎津が渡した酎ハイを開けて四票は口を付け、一気に呑み干しました。

「わかってくれりゃあ、それでええ」

「はい」

テレビを点けるとプロ野球中継が始まっていました。いまは広島《カープ》が勝ちそうです。

「それにしてもよぅ、あげなおなごが、よっくこんなを選んだもんじゃのぅ」

「それがわからんのです。成田で会ってからこっち、ずっと儂ばかりを相方に指名しよるんです……」

「ほうか。そんであれは、どがな捜査をしよるんじゃ」

「儂もわからんのです」

「なしてよ」

「とにかく中は覗いてはいけん云うて、きっつくですねえ」

「にしても、なにかはわかるじゃろ。あげな薄いシートなんじゃけ。ごそごそ中で何しようか程度はよぅ……」

「いえ。あれは米国から本人が持ってきた特殊なブルーシートを使《つこ》うとりますけ。音も影も見えンのです。現に中を覗こうとしてですね。何回か赤外線やら超音波やらを向けた警察もあったんですが、さっぱりあかんようでした」

「でもよう。それじゃあ、あれのひとり舞台になるばっかりじゃない。少しはこっちに解決法のお裾分けはしてくれんもんか。こんなからも頼んでみてくれいや。何の手がかりもないいんじゃろ？　事件は解決しても謎は深まっとるけぇ」

「ですねぇ」首を振った四票がふと思い出したように呟きました。「歌？　……でしょうか」

「歌？　なんの歌なら」

「テレビの。火曜リスペンス劇場の歌ですけ。ロミヒー・ザキイワたらいう歌い手の……」

「なんじゃそら」

「それを唄うとります。それから暫くすると犯人がわかった云うて出て来よるんです……」

「なんねそりゃあ、まるで手品じゃないんか」

「ほんまに儂も豆鉄砲喰ろうたような気分でおるんですよ」

「じゃけんど、ちっとは覗けんもんかのう。あれのやり口がわかれば今までもこれからも事件が、えっと楽に解決するんじゃが」

「けんど、あれとの約束ですけ。とにかく絶対に見ちくれるな云うンです」

「見たらどうなるんじゃ」

「わかりません。でも、もうあの人は居なくなるような気がします」

「居なくなる」

「へえ」

「けったいな話じゃのう」

　ふたりはそれから酎ハイをまたグビグビと呑み始めました。

　その夜、四票の部屋の戸をほとほとと叩く音がしました。

「だれじゃい？」

　眠りが浅く、輾転《てんてん》としていた四票が苛《いら》ついた声を出します。すると戸の向こうで誰かの声がしました。

「なんじゃ。おつうさんじゃないか……こんな時間にどうしたんなら」

「すみません。どうしても……」

「まあ、汚いところじゃが。入りんさい」

　慌てて布団を畳んで座る場所を作った四票が振り返るとおつうは今までとは違って白い着物に身を包んでいました。

　一瞬、その姿に見惚《みと》れた四票でしたが、すぐ流しに向かいます。

「そこの座布団をあてがって座っとりんさい。いま、茶ぁを入れますけ」

　おつうは、か細い声で「はい」と呟くと座りました。

　片付けてあったちゃぶ台を置き、湯呑みをおつうの前に出した四票は真向かいに座りました。おつうは哀しそうに長い髪を下ろしたまま自分の膝の辺りを見つめています。

「膝の具合でも悪いんですか」

「いいえ」おつうは意を決したように顔を上げると云いました。「四票さん、わたしと夫婦《めおと》になってくださいませんか？」

「え……儂がですか？」

「はい。四票さんは独身だと聞きました。わたしでは駄目でしょうか」

「でも……急な話じゃのう」

「わかります。わたしはＦＢＩアカデミーを首席で卒業するような能なしですし、世界六十カ国で様々な難事件を解決し、英国を始めとする国で勲章を授与されるような愚か者です。それに顔もハリウッドプロデューサーのＪＪエイブラハムが五十億でどうかとスカウトする程度のものでしかありません。でも、そんな莫迦でブスでのろまで亀巧者のわたしでも四票さんを愛する気持ちだけは亀にも負けません！」

「まあ何かこっちもいろいろと云いたいことはあるが、儂が思うに、あんたはそれほど悪い女ではないで」

「そうでしょうか。ヴォーグのカバーモデルを勧められたり、アラブの石油王子からプロポーズされたりもしたのですよ」

「人間、誰もが無傷では生きられんけぇ。それぐらいは仕方ないことよ。儂も刑事になる前は婆さんえっと強姦したりしたけぇの」

「じゃあ、いいんですね」

「ああ、これもなんかの縁じゃけぇ。かまわんよ。儂ゃあ、子供の時にオヤジが一族郎党を皆殺しにしてしまったけ。天涯孤独の身の上なんじゃ。気兼ねしよう者《モン》はひとりもおらんき」

「ああ、それはなによりです。ありがとうございますありがとうございます。それじゃあこれを」

「おお、もう婚姻届を持ってきとるんか。さすがはＦＢＩじゃ、手回しがええのぅ」

四票はおつうの持ってきた用紙に捺印《なついん》とサインをしました。

「それと……引き続き、わたくしの捜査姿は見ないでください。これだけは……これだけは後生ですから守って戴きたいのです」

「なんじゃあ夫婦になってもかよ。つまらんのう」

「女は食べている姿と達磨転がしにされている姿を見られるのが死ぬより恥ずかしいものなの。その代わり他はなんでも……お見せ致しましょう」

「ほんとかよ？」

四票の血走った目を見て、おつうは、ぬふふとほくそ笑みました。

# 五

晴れて夫婦となった四票とおつうの活躍はその後も留まるところを知りませんでした。おつうの功績により、ふたりは特別専任捜査官に任命され、管轄を越えて事件に関与し、指揮権を振るうことが許されるようになったのです。勿論、上から落下傘のようにやって来る彼らのことを初めは快く思わない地元の警察もいましたが、まるで『鶴が機《はた》を織《お》るように』スカッと解決し、またＦＢＩエリートとは思えないおつうのオドオドビクビクした態度が逆に好感を与えることとなっていったのです。

ふたりの活躍は巷《ちまた》でも評判になり『細腕女捜査官おつう』というドラマや『決め手はナイショ！』などというコミックにもなりました。特にドラマでおつう役のヒロインが犯人に向かって叫ぶ「事件は会議室で起きてるんじゃない！　シートのなかでこそ起きてるのよ！」は流行語にもなったほどでした。

「おい！　儂ゃあ、また位《くらい》が上がったで」

本庁から戻ったばかりの四票が台所で糠味噌《ぬかみそ》を弄っていたおつうにそう云いました。

「ほんとうですか」

「ほんまよ。こんなが来てから巡査部長に上がったんじゃが、また一級上がって警部補じゃあ。去年までは巡査やったんでぇ。こりゃあ大事《おおごと》じゃ」

「それはようございました」

「ほんに、こんなのお陰よ。儂ゃあ、幸せモンじゃあ」

四票が頭を下げるとおつうは目元を押さえました。

「旦那様がご出世なさって、わたくしもこれに勝る喜びはございません」

「はは。まあ堅苦しいことは抜きじゃ。今日はすき焼きにしよう思うて牛肉を買《こ》うてきたけえ」

おつうが早速、支度をし、ふたりは向かいあってすき焼きに舌鼓を打ちました。

「うまいのぅ」

「おいしゅうございます」

微笑むおつうを見て、四票はふと気が付いたように云いました。

「のう、こんな、えっと痩せてるじゃないか？　躰でも悪いンか」

「いいえ。ちょっと疲れただけで」

「ほうじゃのう。ここ一年ばっか、働きづめじゃったからの。ほしたら今度、休暇を取ってどこかに行こうか」

「いいえ。そのようなお気遣いは無用でございます」

「なしてよ。儂らにも有給休暇云うンがあるんで」

「わたくしは精一杯、旦那様のお役に立てるのが幸せ。休みなどは要りませぬ」

「ほんまかえ。こんながええ云うンやったら、儂は構わんが、気になるのぅ」

四票はそれから肉を一、二度、頬張り、食べ終えてから呟くように云いました。

「それとの、おつう……」

「はい」

「こんなの捜査しよんのはまだ教えては貰えんのじゃろうか」

その言葉におつうは箸を止め、俯いてしまいました。

「いや、なによ。儂らも夫婦になってそろそろやけん。ちぃっとは教えてくれんかのう。ほしたら事件も倍解決できるんじゃけ」

「なりません。それだけはお許し下さいませ」

再びきっぱりと云い放つおつうの表情はカッチカチに強張っていました。

「それだけはどうか……どうか、堪忍してくださいませ」

「ほうか……まあ無理にとは云わんが最近、上や同僚がうるそうてのぅ。あれら嫉妬してからよ。おまえを儂が独り占めしとる云うて陰でごちょごちょ云いよるんよ」

「もし見られてしまえば、もう捜査はできなくなります」

「なしてよ。殺された者《モン》が浮かばれるんじゃけ、何も問題ないじゃない」

「あるのです。世間というのはそう云うものなのです。どうか、このままわたくしとふたりっきりで可哀想な人たちの無念を晴らさせて下さい。後生ですから、どうかそれだけは旦那様、わたくしをお守り下さい……」

そう云うと、おつうは涙をはらはらと零《こぼ》しました。

「わかったわかった。もうこの話はやめじゃ。さあ、喰え。腹一杯喰え、の」

「ええ」

その時、おつうはふと思い立ったように口を開きました。

「旦那様、旦那様はその昔、一羽の鶴を助けたことがありませんか？」

「つる？　あの飛びよう鶴かえ」

「はい。罠《わな》に掛かっていた鶴でございます」

四票は箸を咥えたまま暫《しば》し、考えました。

「憶えがないのう〜。なしてよ？」

「いえ。忘れておられるのでしたら……それで……」

「変な奴じゃのう〜」

四票は首を傾げました。

翌朝、ひとりで本庁に向かおうとした四票に胡散臭《うさんくさ》い男が胡散臭く近づいてきました。

「げっしし。四票さんですね」

「なんなら、こんなぁ」

男は名刺を差し出しました。『記者：火蜜《ひみつ》　薔薇島須男《ばらしますお》』とあります。

「記者ぁ？　記者がなんなら」

「あんたの嫁さんのことなんですよ。秘密は守りますから。いったい、あのシートのなかで何をやってるのか教えて貰えませんかね」

「知らん。儂も知らんのや」

相手にするつもりのない四票が足早になると相手も付いてきます。

「でもね、国民はみんな知りたがっているんですよ。百発百中のあんたの奥さんの捜査方法を。きちんと説明する責任があるんじゃないですかね？」

「しらんしらん。そんなことは広報に訊いたらええが！」

「教えてくれないんですよ。あんたが云わないからです。あんたで駄目なら直接、奥さんに当たりますが、それでもいいですか？」

「わりゃ何を云うんなら！　絶対に駄目じゃ！　儂ゃ、こんなみたいな腐れが嫁に近づくのは絶対に許さんけぇ」

「だったらあんたが話して下さいよ」

「だから、儂ゃ知らんのんじゃ。あれとの約束なんじゃ」

「そんな子供騙しな手に乗るとでも思ってるんですか！　世間はねえ、今、その話題で持ちきりなんだ。あんた週刊誌やネットニュースを見ないんですか」

「知らん知らん。儂ゃ、あげなものは嫌いなんじゃ。つるつるぺたぺた気味が悪いわい」

四票はやってきたタクシーに乗り込みました。火蜜は食い下がり、併走します。

「このままダマテンで逃げおおせると思うなよ！　いつかその仲良し夫婦面をぶっ壊して全てを暴いてやるからな！」

そう捨て台詞を吐くと火蜜は盛大に転《こ》け、遠ざかって行きました。

六

「どうしても無理なんか……」

会議室に呼び出された四票は榎津の質問にどう答えて良いのかわかりませんでした。

「兄さん、どうしたんなら？　儂ゃあ、今朝もわけのわからん者《モン》にですねえ。おつうがシートの中で何をしよるのか教えぃ云うて絡まれて往生したんですよ。兄さんにまでそがあなこと云われたんじゃ、儂ゃ立つ瀬がありませんき。あれとの約束を破るぐらいでしたら殺された人には申し訳ないが、仕事を辞めようとまで思うちょります……」

「ほうか……ほうじゃろうのぅ」室内では禁止されている煙草を吸い込み、煙を噴き上げると榎津は四票に向き直った。

「ほしたら。もうええど。儂ゃ、上の者からもう一遍、こんなの気持ちを訊いてこい云われただけじゃけぇ。そこまで覚悟が固いんやったら、もう何も云うことはないわい」

「すません」

「なぁによ、別にこんなが謝ることないじゃない。のぅ、男らしゅうしとけばええんじゃ。あ、それとよ新しい事件が入ったで。さっそく地元から応援要請が入っとるけぇ。かみさんと飛んで行ってやれや」

四票は頭を下げるとすぐに屋上のヘリポートから既に待機していたおつうと共に現場へ移動しました。


「あそこが現場なんです」

地元の刑事課長だという男は顔色を失っていました。ベテランの捜査員としては異例のことです。

「どがぁな事件なんですろう」

「被害者は配送の仕事をしているごく普通の真面目な男なんですが……。すっかりわけがわかりません」

「わけがわからん？」

「はい。奇妙な……とても奇妙な死に方で」

案内されたのは港町に近い番屋の側でした。手前に観光客用の食堂があり、その裏手に倉庫が並んでいるのですが、被害者はそこにいると云うのです。既に現場はおつう専用のブルーシートで覆われていました。

中に入ると被害者はブルドッグを被っています。

「なんじゃ、こりゃあ」

おつうの顔にもありありと緊張が浮かびました。

側に居た検視官が彼らを見て立ち上がりました。

「死因はまず窒息死に間違いありません」

「窒息……」

「ええ。被害者はブルドッグを捕まえた犯人にいきなり被せられたと推定されます」

「こんな事件は……」

「見たことも聞いたことも……。ブルドッグの性器に頭を突っ込んで死ぬなんて」

被害者は首までブルドッグに塡《は》まっていました。

「雌です……。オッパイがイッパイついてます」

「生きてます……」

ブルドッグに触れたおつうが呟きました。

「わかっています。が、抜けば出血多量とショックで死ぬでしょう。被害者は既に絶命しています。ですから、あなたがたの捜査が終わるまでは生かしておくことにしたのです。終わったら楽にさせてやります」検視官はそう呟くと手にした注射器を見せました。

「わかりました。これ以上、ワンちゃんの苦しみを長引かせるわけには参りません。早速、始めたいと思います」

おつうは四票に頷きました。

「みんな、シートから出てくんない。ここは彼女だけにしたいんじゃ」

検視官や周りにいた刑事や警官もシートを出ます、勿論、四票もです。

「おつう……こんな大丈夫かぁ」

いつも以上に疲労の影の濃い妻を気遣って四票が声を掛けました。

「はい……」

「無理はしちゃるなよ」

その言葉に、おつうはふっと笑みを浮かべました。

「すまんが、もちっと少し下がってくれや」

四票はシートの周囲から人を遠ざけました。ここからは〈おつうの世界〉なのです。

「四票、こんな、こっちに来い」

不意に榎津が現れました。

「兄さん！　……どうしたんですか……」

「ええから。こっちに来いや」

半ば強引に腕を引かれ四票は銀色のトラックに乗せられました。

「兄さん、儂ゃ、あれの側に居てやらなあかんのですけ」

トラックの中には様々なモニターがびっしりとあり、その前でオペレーターらしい人間が操作しています。モニターにはおつうのいるシートが映し出されています。

「こいつぁ、いったいなんですろうか……」

「雑魚は黙ってるっぺ！」鋭い一喝と共に姿を現したのは山守総監でした。

「や、山守さん……」

「おまえの女房は職権濫用の疑いがあるっぺ！　場合によってはムショにブチ込むっぞ！」

「なんでですか！　なして悪者を捕まえとる者《モン》がムショに入らないけんのですか」

「それはおまえのめっこが不法入国者だからよ」

「え」

「ほうよ。儂のほうでよ。ＦＢＩに照会したら、おつうなんておなごはおりゃあせんので。全部が全部、一切合切すっからかんのテケレッツのパーよ！」

「て、てけれっつのぱぁ……」

「おうよ。オヤジさんからそれを聞いての、儂もこんなを助《す》けちゃろう思うてよ。作戦に手を貸すことにしたんじゃ。まあ、おとなしゅうにしとったら、こんなもおつうさんもお咎《とが》めなしじゃけん。ここんとこは、ちっとだけ我慢したらどうじゃ、のう」

「いったい、何をしよう云うんですか」

「われもわからんやっちゃのぅ。儂らはよ、あのシートのなかで何が起こっとるのか、チャキッと見届けちゃろう云うンよ」

「え、あの中をですか！」

「おうよ。当たり前じゃろが。あげなめっこがでぇ。儂らのシマへ勝手に乗り込んできてガチャつかせとるんじゃけ。ピシッとここらで筋を通さな。儂らの面目はどうなると思うちょるんど。あれが中で何しようかわかればよぉ。儂らもそれを見習ぉうてよ。事件解決に役立ててれば国民のみなさんも、えっと枕を高うして眠れるンど。それにょ、あのめっこもそうなりゃほんまに人助けいうことにもなるまあが」

「でも、あれは見てくれんな云うンのが約束ですけ」

「莫迦垂れぃ！　こんな、日本人とあげな米国から来た者《モン》とどっちの味方なんじゃい！」

「どっちこっち云うてありゃしませんよ。儂ゃ、ただ筋が通らんと」

「かあ！　もうこんなのような百姓とは話ができんわい！　第一ようゝ、こんながさっさと調べて報告書を上げりゃあ、儂らもこんな苦労はせんで良かったんじゃ。こうなったのもみんなこんながぼやぼやしとるせいで！」

「なにがぼやぼやしとる云うンの？　こっちゃあこっちで朝から晩まで日本国中、旅ぃ打っとるんですよ。それも元はと云えば所轄の者が犯人《モンホシ》を挙げられんからじゃないですか。なかにはすっかり頼り切ってロクに自分たちでは捜査もせんで端《はな》っからこっちに尻《けつ》を持ってきよるヘタれもおるじゃない？　筋通せ云うんやったら、そいつらに先ぃ汗搔かせるのがほんまの筋云うもんじゃないですか！」

「まあまあ。四票もオヤジさんも。おとなしゅうに話しましょうや」

榎津が割って入ったところへモニター脇のオペレーターが声を上げました。

「まもなく同期します！」

「どうき？」

モニターを見た四票が呟きました。

「おう、榎津。この莫迦に教えちゃれぃ」

山守に云われた榎津が四票の脇に立ちます。

「これはよ、最新式の透視装置よ」

「え」四票の顔に緊張が走ります。

「大丈夫じゃ。おつうさんに悟られることはないわい。あれは一種の光学迷彩シートなんじゃ。じゃから通常のやり方で中を覗くことはできん。また当然、向こうからもこっちは見えンのよ。これはの。このトラックの側面から出よう赤外線と音波の反響を使うて密閉された空間を見る装置なんじゃ。主にハイジャックや立て籠もり事件に使うドイツ製の最新式よ。集めたデータはコンピューターで解析されての、実物様にモニターに映る仕組みよ。技師さん、これで説明はおうちょりますかの？」

「だいたいは」先程のオペレーターが頷きました。

「じゃから、おつうさんにはピクリとも気づかれることはないわい。安心せぇ」

「技官長、あと五秒で画像アップできます」別の操作盤の前にいた前髪をバッツリ切り揃えた女性が振り向きました。

「よし」オペレーターが頷きます。

砂嵐のモニターの隅に5……4……3……と数字がカウントダウンされました。

「……出ます」

パッと、それまでの砂嵐がカラーバーに変わった一瞬後、シート内の画像が大きくモニターに映し出されました。

「げぇ」

一番先に声を上げたのは他ならぬ四票でした。

「な、なんじゃあ、こりゃあ」山守総監が顎をがっくんと落としています。

モニターには下半身を丸出しにされた被害者の肛門を、目を閉じねっとりと舐めているおつうの姿が、子猫が牛乳を舐めるような音と共に映し出されていたのです。

「よ、よひょう！　これは何をしとるんかいの！　おぅ！」

「な……なに云うて。オヤッサンの見たとおりですけ」

「わりゃ、陰に隠れて女房にこがあな真似をコソコソさせよったんか！　おうっ！」

「何を云われよるんです。儂ゃ、知らんですよ。シートの中を覗かんいうんが、儂とあれとの約束ですき」

「なあにが約束じゃ。あがあな小汚い真似しくさって。あれはなによ。捜査なんか？　ん？　死人のケツメドをチョロチョロ舐め散らかしとるだけじゃないんか」

「舐めちょる云うてもですよ。現にチャキッとホシは挙げちょりますけ！」

「まあまあ。ふたりともおとなしゅうに話しましょうや。とにかくおつうさんが死人の尻の穴を舐めよう云うンは事実です。現に今もああして舐めとられるんですけえ……」

榎津が云うまでもなくモニター上のおつうはそれはそれは美味しそうに舌先を白っぽく色の変わった肛門の襞《ひだ》に伸ばしています。

「げぇ」モニターを眺めていた技官のひとりが盛大な吐きゲップをしました。

「気ぃつけんかい！　それらなんはの機械やと思うちょるんど！」

山守が怒鳴ります。

「とにかく儂らがせにゃならんことはですよ。尻舐めがどうして犯人確定に繋がるかっちゅうことをですよ、科学的に解明するのが先決やと思います。それには四票、こんなの協力が不可欠じゃ。わかっとるんか？　そがあなポカンとした顔しとる場合やなかろう。こんなの嫁の一大事なんぞ！」

「そ、そりゃあわかっちょりますが。兄さん、儂も混乱してしもうて……」

「莫迦垂れ。こんながしっかり支えてやらな、どうするんなら」

「そうじゃそうじゃ！　こんな死人のオイドをめがすようなおなごをもって、こんなもえっと幸せモンじゃのう……ひゃひゃひゃひゃ。儂じゃったら腹切って死んどるわい。こげな者《モン》とは一秒きれとも暮らせるもんじゃないけんの。チューはしとるんか？　ん？　毎日しちゃれよ、おフランス人のようなベロタンの味のようわかるえげつないチューをよう」

「あんた、何を云うんなら！」四票が山守に詰め寄ろうとします。

「まあ、待て待て。こんなんでも一応は警視総監なんじゃけ。叩くと死刑になるど」

「こんなん？　榎津！　わりゃ、なにを云うンなら」

「まあまあ、ふたりとも氷河期のように冷静に話しましょうや……」

結局、その場で見たことは極秘。四票は『ペロケッ捜査（©山守）』の解明が済むまで、今まで通りの捜査を進めるということに決まりました。勿論、おつうに悟られてはならないことは云うまでもありません。

それから二日後、いつものように超難事件に呼び出されたふたりにまさかあのような大事件が降りかかろうとは誰も予想ができなかったのです。

その時、いつものように難事件的な被害者をおつうのシートで囲み終えた四票は外で誰も近づかないように立ち番をしていました。被害者は住宅地の児童公園で全身の穴という穴に〈ちくわぶ〉を埋め込まれ殺されていたのです（注：ちくわぶというのは主に関東地方のセレブに好まれている〈おでんの具材〉で、特にダイエットと受験に効果があると科学的にも期待されている食べ物です）。

既に現場に到着していた透視用トラックのドアが開くと榎津が〈こっちに来い〉と手招きします。

「やれんのぅ」四票は溜息を吐くとトラックへと向かいました。いつものように辺りには野次馬が集っています。

「こんなも関係者なんじゃけん。しっかり事の推移を見守うたれや。それにショックはこんなだけやないで、オヤッサンもすっかり口調が変わってしもうとるんじゃけ」

四票が乗り込むと榎津が励ますように云いました。

前回の技官達と山守の代わりに別の顔が三人ほどあります。

「こちらは科捜研、科警研の両機関から派遣されたお偉いさんじゃ。興味本位で見るわけではないけん。立ち会いさせてもエエじゃろうてオヤジさんが云いよりんさっての」

四票が頭を下げると彼らは軽く会釈を返しました。

「榎津さん、総監の云っていることは事実なんでしょうな。我々も空いている躰ではないし……山守さんの話も、どうにも具体性に欠けていてねえ」

「まあ、そう肝焼かんでもええですよ。あのめっこがケツ舐めて犯人当てようのんは保証付きですけぇ。よう、どうなんなら？」

榎津が技官に声を掛けます。

「準備ＯＫです。後十秒で出せます」

「さっさとせんかい」

「10……9……8……」

カウントダウンが始まり、やがて画面におつうの姿が大映しになりました。

「げぇ……」

やはり、死体の両足をＶ字に脇に抱えたおつうが股間に顔を埋めています。

「なにをしてるんでしょう……」

「アップにせんかい！」榎津の声に技官が慌てて手元を動かします。

「おお！」車内がどよめきました。

正におつうの舌が死者の肛門に伸びている瞬間だったのです。

「大きな痔核ですなあ。よくあれで異物が入れられたものだ」

「死んでから挿入されたものでしょうなあ」

派遣された男達が顔を顰めながらも画面に釘付けになっています。

「それにしても気持ちが悪いですなあ」

「よく剋ぐように這わせられるものですなあ」

「数寄者《すきもの》でしょうなあ」

「好事家《こうずか》なのでしょうなあ」

「こんな変態女は一生結婚できんでしょうなあ」

「いくら仕事とはいえ死体の肛門を啜《すす》り上げるような女とは暮らせんでしょう……」

「こんなことしてまで見知らぬ人間を刑務所に送りたいというのは正義と云うよりは狂気でしょうな」

「こんなことをするぐらいなら警官を辞めてピー屋になった方がマシですな」

思わず怒鳴りそうになる四票を榎津がソッと制しました。

「堪えるんじゃ。ああは見えてもあれらは科学者じゃ。口は悪いが冷静かつ客観的に、こんなの嫁の謎を解いてくれるき。そうすりゃよ、大手を振れる日も来るいうもんよ。

ここを堪えてやるん云うンが男じゃないか。のぅ」

睨み合うふたりの耳に男達の声が響きます。

「糞を舐める糞舐め女ですな」

「下衆《げす》な親から生まれたんでしょうな」

「こんなことをするのなら迷宮入りのほうがマシですな」

「死ねばいいですな、この糞舐め女」

「本当ですな、がっはははは」

四票が榎津の手を振り払い、まさに殴りかかろうとしたその瞬間、唐突に笑い声が止み、その代わり女性技官の『きゃああ』という声が響いたのです。

モニターの画面が一瞬、暗転すると粒子の粗《あら》い奇妙な画像になってしまいました。映っているのはまさしく肛門を舐めているおつうですが画像が激しく歪んでいるのです。

「どうしたんなら？」

榎津の叫びに技官が答えました。

「シートが何者かによって剝がされた模様です。これは生の映像です」

七

ベッドに横たわるおつうからは完全に血の気が失せてしまっていました。

あの時、突然、野次馬の中から飛び出した浮浪者がシートを乱暴に引き剝がしたのです。当然、おつうと被害者の姿は白日の下に晒され、多くの野次馬の目に留まることとなったのです。トラックを飛び出した四票が駆けつけると既におつうは気を失っていました。

すぐ病院に搬送されたのですが、おつうの意識はなかなか戻っては来ませんでした。

四票はひとり、病室で付き添っています。

「おつうよぅ……こんな……可哀想にのぅ」

窓から差し込む陽は既にオレンジ色に変わっていました。

スマホが鳴りました。

『四票！　大変じゃ！』出るや否や榎津の悲鳴にも似た声が返ってきました。

とうとう誤認逮捕でもしたのだろうかと四票は固唾を吞みました。

『おつうさんのっ！　おつうさんがのぅ！』

「おつうはここに居りますが。なんですろうか？」

『ネットにおつうさんの姿がバラ撒きじゃあ！』

「ええ！　な、なんのですか？」

『莫迦っ垂れぃ！　ケツメド舐めよう姿に決まっとるじゃろ！　シートが倒れよった時

のんを誰ぞが撮《うつ》してけつかっとったんじゃ！　もうあちこちに拡散してしもうて打つ手がないんで！　あの浮浪者の阿呆たれのせいじゃが、あんな者《モン》、相手にしてもホコリも出ンけぇ。とにかく、いま対策を協議しよるけんの。中にはあげなおなごにお父ちゃんのケツメド舐めさすぐらいやったら犯人を捕まえていらん！　云うて怒鳴り込んでくる遺族もおっての。てんやわんやじゃ』

「ほしたら儂らはクビですかいのぅ」

『あほんだら！　そがいなことしたら儂らが非を認めたいうことになるじゃない。儂ら瘦せても枯れても桜田門ど。一般人にケツ搔かれて堪るかい！』

「じゃあ、どうすりゃええんですかいの」

『事件じゃ。すぐ、おつうと飛べ。迎えを行かすけんの』

「でもまだ意識が戻らんのです」

『莫迦っ垂れ！　人殺しに儂らの都合は利かんわい！　シャブでもコカでもなんでもええから医者に云うてブチ込ませりゃ目は開くじゃろ』

絶句している四祟の代わりにいつの間にか目を覚ましたおつうがスマホを取り上げました。漏れた声を聴き取っていたのです。

「行きます……」

「こんな……ええのか？」

心配顔の四票におつうは頷きました。

現場に到着すると今まで以上に野次馬が集まり、またテレビを始めとするマスコミが押し寄せていました。そうです、みな、おつうが死体の肛門を舐めまくるのを今か今かと待ち望んでいるのです。

彼らが囲われたシートに近づくと民放の女子レポーターが駆け寄ってきました。

「捜査官！　死者の肛門は喩《たと》えるなら、なに味ですか？　初恋ですか？　それとも初めて自転車に補助輪なしで乗った時のあの夕焼けの爽快感ですか？」

「ノーコメントじゃ」四票がレポーターからおつうを庇《かば》う拍子に軽く押しました。

「ぱ、パワハラ！　これはパワハラよ！　あなたたちには国民に対する説明責任があるのよ！　なぜそんなに肛門がおいしいの？　それを国民は知りたがっているのよ！　あなた！　ハッキリ云いなさい！」

レポーターの突き出したマイクがおつうの頭にポカンと当たりました。

それを見た野次馬がドッと笑います。

「構うな！　おつう行け！」

四票が押し込むようにシートのなかに妻を入れます。

「あ」

シートのなかを覗き込んだ四票は声を上げました。

マンホールから両足を突き出している被害者の脇に榎津と山守が居ました。

「今度は直に見せて貰うで」山守が毒々しい紫の唇をぺろりと舐めました。「あげな機械を通してばかりじゃよ。儂ら、こんならをちゃんと管理しとることにはならんけぇの」

「オヤッサン、これじゃあ約束が違いますけん」

「なんならあ、こんなガチャックいうンやったらよ。こんなのめっこは死体損壊容疑で挙げることもできるんど。なあにが捜査じゃ、こげなもん。虚仮《こけ》の辻占《つじうら》と変わらんじゃないか……おなごの癖に死んだ者のケツメド舐《ねぶ》り倒しよるんど。ほんにこのアマ腐れじゃのう」

「あんた！　なに云いとりなさるんじゃ！」

摑み掛かろうとする四票を榎津がやんわりと押さえます。

「まあまあ、ふたりとも静かに話しようや、おまへんか」

「おー汚い汚い。ぺっぺっ！　糞舐め女じゃの！　こんなのめっこは！　あっははは」

「なんじゃとわりゃ！　それ以上云うたら承知せんぞ！」

「まあまあ、ふたりともおとなしゅうに話しようやおまへんか」

榎津の手をするりと抜けた山守は被害者に取り付くとベルトを外し、ぺろんと尻を剝き出しました。明るい日差しの下へ異常に白く毛だらけの尻が躍り出ました。

「ほれ！　舐め！　舐めんかよ！」

その尻をペチンペチンと叩く音が青い空に響き渡ります。

「おつう！　やめやめ！　こんなやることないけぇ！」

四票は妻の腕を取ると出て行こうとします。

「ほうか！　命令が聞けんいうんやったらクビじゃ！　クビじゃ！　どこなりと去《い》にくさらせぇ」

と、初めておつうが抵抗しました。

「な、どうしたんなら？」

「できません」

「なにがよ？」

「あの人、あまりにも可哀想です……まるでスケキヨの様で……」

おつうがマンホールに逆立ちになっている被害者を指差しました。

「そんなもん、あげな奴らにやらせりゃええんじゃ」

「駄目です……それでは時間が……あまりにも時間が……旦那様、わたし舐めます」

「あ？　なんでじゃ。あげな者《モン》のためにすることないんど。腐れ外道にゃ勝手にやらせとったらええんじゃ」

「人の命が失われたのです。その前で恥ずかしいなどと云う方が恥ずかしいのです」

おつうは山守たちに向かって宣言するように「やります」と告げました。

「おお！　そうかそうか！　やっちゃれやっちゃれ！」山守が小躍りします。「見たか莫迦垂れ！　こんなの嫁は死人のオイドをめがしたいとよ！　ほんにエエ嫁貰うたのぅ〜。三国一の嫁じゃのぅ、わっはははは」

「でもひとつだけ条件があります」

「なんか、そりゃ」

おつうは四票を指差しました。

「旦那様だけは決して見ないでください。それだけはどうかご勘弁を」

「なんでじゃ！　こんなは儂の嫁じゃろう！　嫁のしよんのを儂が見てなしていけんの！」

おつうは表情を固くしたまま答えません。

「おどれのようなウスラ外道は信用できんけ、本当のところは見せとうないんじゃろ！」

山守が自分の尻をぽんぽんと叩いてアッカンベーをしました。

「おつう……こんな、本気で云うちょるんか」

四票を見つめるおつうの瞳が潤み、大きな涙が一粒こぼれると彼女は頷きました。

「……わかったわい……儂ゃ、外におるけんの。好きにやりないや」

「すみません……」

「おうおう！　ほしたら儂がちゃっきと見届けちゃるけんのぅ！　むっふふふ」

山守が小躍りします。

四票だけが外に出ました。

「兄さん、あいつ、舐めちょりましたか？」

暫くしてシートから出て来た榎津が四票の肩を叩きます。

四票の問いに榎津は頷きました。

「あれが女心じゃ思うて許しちゃれや、の。好きだからこそ見せとうないんじゃ」

「へえ、それはわかっちょりますけんど……なんか侘《わび》しゅうて。やれんですわい」

「まあ、あげな人を親分に持った儂らも運の尽きじゃ思うて諦めるより手はないわい」

「ほんまですのう」

シートが静かに風で揺れていました。

すると濡れた股引《ももひき》を引き裂くような叫び声が上がりました。

「なんじゃありゃ」

榎津が云う間に四票がシートに駆け込みます。

「あ！　わりゃ何しとんなら！」

横たわるおつうの胸を揉みしだく山守に四票がドロップキックをかまします。

〈どわっしゃー〉

仰向けに引っくり返った山守が反動でシートの外に蹴り出されました。

「おい！　しっかりせぇ！」

おつうの唇からはひと筋の赤い血が糸を引いていました。

「こんな！　どうしたんなら！」

するとおつうの目の焦点がゆっくりと戻り、何か云いたそうにしています。

「なんじゃ！　何を云いたいんじゃ！」

四票はおつうの口元に耳を付けました。

「え！」

おつうの話を聞き終えた四票は完全に顔色を失いました。

「しもうた！　毒じゃ！　犯人《ホシ》の奴め、おつうさんが尻を舐めンの知りよって死骸のおいどに毒を塗りあげよったんじゃ！」

肛門におつうの口紅の跡を見て取った榎津がそう叫びました。

「おつう……」

「旦那様……わたくしは幸せでした……」

「おつうよぉ！」

そのまま四票の腕のなかでおつうはゆっくりと目を閉じたのです。

八

事件自体は、おつうが犯人の名を告げていたことですぐに解決しました。取り調べに際し、男は『即死する量を塗ったはずだったのに……』と悔しがったそうです。

『元ＦＢＩ美人捜査官、炎天の毒肛門に死す！』のタイトルでおつうの一件はマスコミを賑《にぎ》わせました。またおつうのドラマ主題歌を歌っていたバンドは『poison-A』という曲を作りおつうの死を悼《いた》みました。

四票は抜け殻のようになってしまいました。

ひと月も経つと、おつうの悲劇はマスコミ的にも味がなくなったのか逆に肛門舐めばかりが、クローズアップされるようにもなりました。

「なんか儂ゃあ、もう刑事は辞めよう思いますわ」

桜田門の食堂で四票は榎津にボヤいていました。

「なにを云うなら。殉職したおつうさんは表彰されたし、こんなを警部に出世さそういう話も出とるんぞ」

「じゃけんど……」

「まあそう慌てんと頭を冷やして考えぇや」

四票はふとポケットから折り畳んだ封筒を出し榎津の前に置きました。

「なんなら」

「読んでつかい」

「なんじゃ改まって……」

封筒から手紙を取り出して一読した榎津は口をあんぐりとさせました。

「そうなんです。おつうのことをチンコロしたのはオヤッサンだったんです」

手紙は、おつうの秘密を嗅ぎ回っていた記者、火蜜薔薇島須男からのものでした。取材の過程で山守からおつうの秘密を聞いた火蜜は交換条件として彼女の捜査方法を白日の下に晒すよう指示されたのです。あのシートを剝ぎ取った浮浪者は火蜜が雇った者でした。

「なんちゅう……真似してけつかんねん。オヤジの奴……」

「兄さん、ほんに儂ゃぁ、やれんですわい」

その時、隅のテレビ画面に山守が映っていました。記者の『肛門舐め捜査法は他の捜査員に引き継がれるのか？』との問いに、

『阿呆くさ。あげなゲテモノ捜査。誰がしよるんや。痩せても枯れても儂ら桜田門やけん。バテレン女のポンコツな真似できるわけないじゃない。のう？　腐れ腐れ！　あん

なんは頭の壊れた変態めっこのお遊びだったんよ。これから従来の捜査方法を堅持して凶悪事件を今まで以上にばんばん挙げますけんのぅ。もうあんなバケモノがおらんようになったからには、もう儂らだけで悪党どもにはウンともスンとも云わさん国にしちゃりますけ！　わっはははは』

「……ほいじゃ。失礼しますけ」

テレビを眺めていた四票は溜息を吐き、カレー南蛮には手を付けず食堂を出て行きました。その後、四票は辞表を出し、山守の『ケツナメ女子のツレ！』との罵声を背に浴びながら桜田門を後にしました。

……それから、てけれっつの半年。

おつうの菩提《ぼだい》を弔おうと本州の外れの外れに住まいを移し、僅かばかり猫の額に蚤《のみ》の背中程度をくっつけたような畑を耕しながら地に棲《す》む日々を暮らしていた四票の元に突然、大型ヘリが飛来したのです。

「四票！」

屋根の茅《かや》を弾き飛ばす勢いの轟音と爆風のなか、榎津が姿を現しました。

「兄さん！　こがあな真似はいったい、なんのつもりですかいの？」

「話は後じゃ！　こんな早よ乗らんかい！」

「乗らんかい云われてもですよ。儂ゃあ、米ぇ搗《つ》き潰さなあかんのですけぇ。闇のどぶろくを仕込まにゃあ」

「あほんだら！　地球が終わるンど！」

「むえ」


一時間後、桜田門のてっぺんにある大会議室に四票は居ました。目の前には政府のお偉いさん方や警察のお偉いさん方、そして自衛隊のエライ人たちがズラリと並んでいました。

「これはいったい何の祭ですかいのぅ」

「山守さんのたっての願いでこんなを呼び出したんじゃ」

「え？　ヤマモリ？　兄さん、儂ゃ、あん人とはもう赤の他人ですけ」

「まあ、話だけでも聞けや、のぅ。あん人にとってはもうこんなだけが頼りなんじゃけん」

その時、巨大な壁面モニターが点灯し、宇宙空間が映し出されました。

『ミスター・ヨヒョウ、突然、呼び出して誠に申し訳ないが、我々は是非とも君の助けが必要な事態となったのだ』

画面が切り替わるとトウモロコシ色の綿菓子を頭に乗っけたような、悪い魔法使いを思わせるロクデナシが現れました。そいつの話す英語は自動的に翻訳されているようでした。

せわしなく大袈裟な身振り手振りでそいつは『地球が終わる』と云ったのです。

「これはどういうことですかいのぅ」

「これは地球で一番、強くて阿呆な奴じゃ。でも云うとることは本当の事で。地球はこのままじゃと終わるンじゃ」

『ミスター・ヨヒョウ！　これを見給え』

再び宇宙空間に切り替わると移動する隕石《いんせき》の姿が映し出されました。

『これが小惑星２０１６ＴＲＭＰだ。ＮＡＳＡの推測では四十八時間後には南米パタゴニア沖五百キロの海上に落下する』

「なんじゃ地球の裏側じゃないですか」

『本小惑星の飛来スピードは秒速二十キロ。換算して時速七万キロ、マッハ五十八だ』

「えろう速いようですが。そうは見えませんがの」

『それは周囲に比較する物のない宇宙空間だからだ。ちなみにこの小惑星は直径十キロ。地球衝突時のエネルギーはヒロシマ原爆の五十億倍。ハンシン大震災の二千四百万倍の地震が発生する』

「それは早う逃げんとパタゴニアの人はえらいことになりますのぅ。あんた、云うちょりんさいや」

『否。彼らは逃げない』

「なんで？　逃げンと死によりますで」

『助かるには地球を捨てなければならないからだ。これはトリノスケール10の事態だ』

「え？　ニワトリを助ける？」

綿菓子頭はグッと乗り出すようにカメラに近づきました。

『衝突すれば地球上の八十パーセントの生物は即時死滅。生き残りも続く全球凍結を始めとする異常気象により死ぬだろう。ミスター・ヨヒョウ、君もだ』

息を呑んだ四票が振り返ると榎津が頷きました。

「でも、なんで儂にそがあなことを教えてくれちょるんですか？」

画面が切り替わると再び宇宙空間を飛来する小惑星の姿に戻りました。

音声が被さります。

『これは、この小惑星から記録された電波信号のデータを解析し、音声化させたものだ』

暫くするとスピーカーから女のか細い声が聞こえてきました。

〈よひょうさまぁぁ～よひょうさまぁぁ～〉

「あ！　おつう！」

その声は紛れもなく毒肛門で無念の死を遂げた愛妻おつうの声だったのです。

『その通りだ。我々はこれが君のワイフのものだと認識している。更に……』

画面がグラフに切り替わりました。

『本惑星の重力変化を可視化させたものだ』

そこには翼を拡げ、長い尾を引く巨大な鶴の姿が浮かび上がっていたのです。

『ミスター・ヨヒョウ、我々はこの2016TRMPを小惑星おつうと名付けた。これを止められるのは君だけだ！』

四票の肩がポンと叩かれました。

「というわけじゃ。こんな、ひとつ地球のために汗を掻いちゃれや」

榎津が頷きました。

「でも儂ゃ、地べたを這い回っちょる犯人《ホシ》はわかっても、空に浮いちょる星のことはさっぱりですけぇ」

『ヨヒョウ、小惑星の破壊準備は日本を含めた十二カ国で既に終えている。ミサイルが発射されれば小惑星は二時間後には木っ端微塵《こばみじん》になるのだ』

「なんじゃそりゃ、ならさっさとやればええじゃない」

『暗号《コード》が不明なのだ』

「こーど？」

『ミサイルには誤射を防ぐ為に予《あらかじ》めコードを入力しなければならない。それを知っている研究員が四日前、殺害されてしまったのだ。犯人は被害者からコードを聞き出した後に殺害したものと思われる。君には是非その真犯人を捜して貰いたい。通常の捜査では時間がないのだ。事件発生時から研究所にいたものは職員から宅配業者に至るまで全員を監視下に置き、待機させてある。このなかにいる誰かが犯人なのだ！』

「ワタアメさん、儂にはそんなことはできませんけ。あれは……おつう……あ！」

その瞬間、四票の脳裏をおつうの最期がその云い残した言葉とともに過《よ》ぎったのです。

「……そうじゃったんか……おつう……」

「なんなら〜おまえら、ようけにガン首並べよってからに。うるそうてちっとも寝られやせんじゃないの」

「オヤッサン！　安心してください！　四票が戻ってきよりましたけ。これで地球は安泰です」

榎津の言葉に山守は顔を顰め、面倒くさげに四票を睨みました。

「どうも……」

四票が頭を下げましたが山守は無視です。

「こんたらもん呼んで意味あんのかい」

「オヤッサン、とろんぷさんも見ちょりますけぇ。しゃんとして下さいや」

「なんじゃ米国が怖くてせんべい喰えるか！　なにを他所《よそ》の者《モン》とチョロチョロしよるんじゃ。こら！　四票、こんな女房の代わりにケツメドが恋しゅうて来たんか？　おぅ？　舐めるん云うならはよ舐めいや、ん？　まずは儂のをよぅ。わっははは」

パンツを脱いだ山守が毛だらけのケツを四票に向かってぺんぺんします。

「オヤッサン！」

榎津が割って入ります。

「山守さん……あんたがあの火蜜いう男を使うてシートを剝ぐらかさせたそうですな」

「な、何を云うんなら、わりゃ」

「おつうがのうなった後、あの人、手紙を書いて下さって全てを教えてくれよりましたんじゃ。あんた、ほんまに汚い人じゃ」

「莫迦垂れ！　こそこそ捜査するんが悪いんじゃないか！　それをよ、チャキッと儂が管理しよう云うンが何が悪いンじゃ！　儂ゃ、警視総監やど！　莫迦垂れ！」

「ほうですかぁ。それがあんたの意見ですか」

「四票……こんな、まさか下りる云うンか？」

心配そうに榎津が声を掛けます。

四票はモニターに向かうと綿菓子頭に一礼しました。

「ようわかりましたけぇ。犯人捜しは任しといてつかい」

それを聞いて米国と日本、同時に大きな歓声があがりました。

「しかし、それにはひとつみなさんに聞いて貰いたい話があります。ええですか？」

『勿論だ。始め給え』

「これから儂が云うンは、今際《いまわ》の際のおつうの遺言ですけぇ。そのつもりで聞いてつかあさい」

憤懣《ふんまん》やるかたない山守が出て行こうとするのを榎津が止めています。

「まず犯人を捕まえるのは儂ではなく、この人らです」

四票の指が真っ直ぐ山守と榎津を指差しました。

「なんじゃ、わりゃ！」山守が叫びます。

「儂の嫁のおつうは死ぬ間際に儂にふたつの事を云いよりました。お尻を舐めるのを儂にゃあ見せとうなかったんは直に見た者に能力が感染《うつ》るからじゃ……と」

ふたりが互いに顔を見合わせます。

「おつうが死人のオイドを舐めるのを直に見たんはこんふたりだけですけぇ。これらが尻を舐めると犯人がわかるはずじゃ」

「莫迦こけ！　貴様！　なんの根拠があってそがな嘘を云いよるんじゃ！」山守が怒鳴ります。

四票が睨みます。

「山守さん……話はまだ残っちょりますけん」

「なんじゃ偉そうに……」

「……それとその力はぐるりと一口、反転して感染るそうです。おつうは被害者を舐めちょりましたが、これらふたりは逆に容疑者を舐めなあかんということです。つまり生きとる者の肛門を舐り倒し、犯人を捜すいうことです。おつうよりは手間はかかりよりますよ。故に儂にはその苦労をさせとうなくて、あれは儂にはよう見せんかったんです……」

「げぇ」山守と榎津、ふたりの喉が大きく鳴りました。

大きな拍手が聞こえ、モニターのなかで綿菓子頭が涙を堪えていました。

『ミスター・ヨヒョウ、素晴らしい夫婦愛だ。話は理解した。まさに好都合、既に確保した容疑者を含む全職員がヨコスカ・ベースに到着している。人類滅亡まで残り時間は四十七時間だ。さっそく始めて貰いたい！　ソルジャー！』

突入してきた米軍の兵士たちが泣き喚く山守と榎津を連れ出していきました。

## 九

ヨコスカ・ベースの総合体育館のドアを開けるとそこには地球のありとあらゆる人種

が集まったかと思われるほど大勢の筋肉隆々やマシュマロを溶かしたようなデブを含めた人間が整列していました。

「儂ゃできんぞ！　こがあなことは絶対にせんけんの！」

山守が叫ぶと案内してきた年配の兵士がこめかみに銃を突きつけました。

「わりゃ！　なにすんなら」

「時間がナイノダ。直ちに捜査をハジメロ。でなければ撃つ」

「莫迦っ垂れい！　そがあな無茶が通るかい！　儂ゃ警視総監ぞ！」

銃声がすると山守の足の間に穴が開きました。

「抵抗すれば射殺してヨイとの許可を貴国の総理から受けトッテイル」

そう云うと『抵抗したらやっちゃって下さい』と書かれたサインと国璽《こくじ》のある紙を兵士は見せました。

「山守さぁん。まあこれも地球の命が掛かっちょる話ですけん。あんたも肝据えて、ひと肌脱いでやりんさいや」

四票が肩を叩きました。

額にびっしり汗を浮かべた榎津が呟きます。

「これら全員のケツメドを舐らなあかんのか……」

「二千人イマス。ソルジャー！」

兵士の号令で他の兵士が分娩台を運び込んできました。

「あなたたちはソコに座りナサイ」

分娩台の前に頑丈そうな椅子が設置されました。

「イマカラ四十六時間以内に犯人を見つけ、コードを入手しなければ地球はジ・エンズ！」

兵士が怒鳴り、笛を吹きました。

それを合図に一斉に男達がズボンを下ろします。

「彼らが終了次第、次の部隊がクル。全部で十二部隊アルヨ」

「十二……阿呆垂れ！　二万四千人の男のおいどが舐められるか！」

山守が絶叫すると突然、榎津が両手を揉むようにして躰をくねらせました。

「もう！　こんなこと困っちゃうわ」

「げぇ！　こんなそんなんやったんか？」山守が絶句します。

「失礼しまーす！　でも人助けでこんな素敵なことが体験できるなんて、すっごいすっごいもーすっごい！　恋バナ咲いちゃうわ」

唖然《あぜん》としている四票を尻目に榎津は椅子に腰掛け、既に分娩台でオムツを替えるような体勢で下半身を丸出しにしていたアフリカ系アメリカ人の股間に顔を埋めました。

「OH!SHIT!」

男の声が響きます。

すると榎津が顔を上げ、振り返りました。

「四票！　ほんまじゃ！　おつうさんの見ちょった景色が浮かぶわ。えらい神通力じゃったの〜。あ、このお兄さんは無罪ですけ」

唇に縮れ毛を付けた榎津が脇のソルジャーに頷き、続く白人が分娩台に乗ります。

「ユー！　早ク！」

「儂ゃ、厭じゃ！　こんなんことはできせんからの〜！」

泣き叫ぶ山守は椅子にバンドで拘束され、強制的に尻に顔をぶっ込まれることになりました。

「ナメテ！　あなた！　ナメルネ！」

山守の髪を摑んだ兵士が怒鳴ります。

整列した兵士のなかには股間を硬くした者もおりました。


「やったぞ！　遂に犯人が見ツカッタ！」

四票が、その一報を受け取ったのは翌々日の夕方のことでした。

食堂でカレー南蛮を食べているところへ兵士が駆け込んできたのです。

すぐさま大型モニターのある大会議室に連れて行かれた四票は、再びあの綿菓子頭と対峙《たいじ》しました。

既に準備は整っていたようです。

『これから小惑星おつう爆破作戦を実施する』

それからは口早に英語が捲《まく》し立てられ、やがて宇宙空間が映し出され、小惑星おつうの羽が地球を掠めるかに見えた瞬間、地表のあちこちから集められたビームが中央で集約し、そのままおつうに撃ち込まれ、それを追うようにミサイルが大量投入されました。

〈よひょう……さまぁぁぁ……〉

木っ端微塵になる瞬間、確かに四票の耳にはおつうの叫びが聞こえたのです。

『ミスター・ヨヒョウ……ありがとう！　地球は君の協力で救われた。全人類を代表して君に礼を述べたい』

そう綿菓子頭は親指を立て、ウィンクしました。

「なんも……儂ゃぁ、ただ人の真心いうんを大切にしたかっただけですけぇ」

『Good Luck!』

モニターは消えました。

その後、故郷に戻った四票は死ぬまで小さな畑の収穫と密造したどぶろくを楽しみにひっそりと暮らしたそうです。

一方、延べ二万四千人の男の肛門を舐め上げた山守と榎津は『舐めダルマ刑事』の名で世界にその名を知られるようになり、榎津は新宿の二丁目で『美・タン』というゲイバーを始めて名物ゲイ経営者としてテレビにも引っ張りだこになり、山守は半分ほどにすり減ってしまった舌が痛い痛いと泣きながら暮らし、老いて死んだそうです。

めでたしめでたし――おひまい。

# ヲタポリス

# タ

壁に〈正〉の字が三つある。柱の釘に陽が当たってるので今は概ね午後四時だ。枕カバーが汗で首筋に貼り付いている。三十五度はあるだろう。クーラーはリモコンの電池がなくなったので点けられない。手動でいけるかと試しにスイッチを押すと温風が出てきたので諦めたのだ。なんだか人生はまったくもって巧くはいかない。下で親父とおふくろがやっている中華屋から高校野球のテレビ中継の音が漏れてきていた。

「……ちゃんにい」

ドアの向こうでジローの声がした。次男だからジローなのは良いんだが、それならなぜ長男の俺がサブローなんだと小さい頃、何度親父に訊いたかわからない。親父はイチローと書いたのだが役所の出生届係が『あ、今年それ流行《はや》ってますもんね』と鼻で嗤ったものだから、その場で書き直したのだという。だったらもっと他の名前にすりゃいいものを思いつかなかったのだ、と……莫迦なのに死ぬほど頑固というのは親父の最大の短所だ。

「……ちゃんにい……いる？……」

「なんだよ？」大きめの声を出すとジローがオドつくのが扉越しにでも伝わってくる。続けて何か云っているが全く聞こえない。

「なんだよ？　店には行かねえよ！　いまは勉強で忙しいんだ。職業選択の自由は憲法にも保障されている国民ひとりびとりの正当な権利なんだ！　これは労働者の権利なんだ！」

建て付けの悪い合板《ベニヤ》ドアが薄く開く。のっぺりしたジローの顔が覗いた。

「にいちゃん……あのね……」ヤブサカ69とプリントされた推しTを着たジローは元は白かった黒と茶で斑のエプロンを腹に巻いている。

「なんだ、入ってこいよ」

ジローはおずおずと煎餅布団の脇に座った。

「煙草」

「はい」ジローは卓袱台《ちゃぶだい》代わりにしてある逆さのビールケースからセブンスターを取った。

「ライター」

「はい」ジローが百円ライターを差し出す。

「灰皿……おまえ！　ちゃんと先を読まなくちゃダメだって云ってんだろ。人が煙草っつったらライター、灰皿はつきものなんだよ」

「はい。ごめんなさい」ジローは左手で頭を掻く、そこは腹ぺこ小僧が喰ったガリガリ君のように欠けている。

起き上がった途端、熱気が顔にまとわりつき、腋の下やら背中を汗が伝い落ちた。

「どうしたんだよ。俺は親父がなんてったって行かねえからな。そもそもウチは人権蹂躙《じゅうりん》なんだよ」

するとジローは洟《はな》を垂らして泣き始めた。弟とはいえ三十男がぶしゅぶしゅ目の前で泣くのは薄気味が悪い。

「はあ」

「うっ、ぐっ。金魚がね……金魚が死にそうなんだよ」

「なんだよ！　どうしたんだよ！」

「もう死ぬよ。死ぬんだよ。いなくなっちゃうんだよぉぉ」

「ああ。うるさいうるさい。そんなもの勝手に死なせときゃいいんだよ」

「いやだ！　いやだよおぉぉ！　金魚、ぎんぎょ～」

「かあああ、どういう莫迦かな。この莫迦は」

俺は立ち上がると隣にあるジローとおふくろの部屋に入った。衣装簞笥の横に小さな鉢がある。確かに赤い金魚が横倒しで浮いていた。

「ああ、これはダメだ」

「ぶぅう。ちゃんにい、なんとかしてよ！　なんとかして！」

ジローが地団駄を踏むと、盛大に細かい埃が舞った。

「ねえ！　これ夜店で三十年生きるやつだって云ってたから！　そうだったから！」

「莫迦。金魚がそんなに生きるわけねえだろ。せいぜい一年かそこいらだ」

「三十年！　さんじゅーねん！」ジローは俺にしがみついて放そうとしない。こうなるとこいつはお手上げだった。事故に遭ってから脳味噌が五歳児程度に戻っていた。

「わかったわかった。そしたらユリ・ゲラーやれ」

「ゆりげら？」

「こうやってな」俺は浮いている金魚に手をかざした。「みんな！　オラに元気をわけてくれ〜！　はあああ！　こうやって生き返れ生き返れって念を送るんだ。そしたらハンドパワーで生き返るから」

「ほんと？」

「ああ。裏のアオキの爺さんもそれで生き返ったから、今もぴんぴんしてるんだ」

「質屋の？」

「否《いや》、あれは本当に死んだ。布団屋のほうだ」

ジローは浮いた金魚と俺を交互に見返すと「やる！」とニンマリ笑った。

俺は奴が手をかざし始めたので部屋を出ると小便を済ませ、着替えることにした。今日のイベは七時から、現場はヤブ威者《いしゃ》の聖地〈ブスパラ〉だ。届いたばかりのヤブTに身を包むと俺は廊下に出た。

「どひぃぃぃ！　ちゃんにぃ！」突然、ジローの悲鳴が聞こえた。

覗きに行くと奴が金魚鉢の上で口をあんぐりさせている。

「どうした？」

「こ、これぇ！」

「うおっ！」

ジローがかざす手の下で、金魚がすいすいと泳いでいた。

「これ……おまえ？」

「うん！　ちゃんにい、ありがとう〜」

「お……おぅっ！」と俺は云いながら奴の突然のユリ・ゲラーっぷりに、おまえ、あんがい凄いのねえと呟いていた。

イ

『てめぇらちゃん！　生き肝ぶっこぬいてるかぁぁぁ！』

センターのかわかむリンのMCが始まった途端、聖地〈ブスパラ〉は宇宙一のヘヴンと化した。

『おらおら行くよ！　そら行くよ！　行くっきゃないよ！　ぶっこ抜く〜』

『抜いてぇ〜！　抜いてぇ〜！　ワレラの生き肝ぶっこ抜きい〜！　ヤブカワ最高！』

ヤブカワとは、推しメンがかわかむリンの奴らが使う彼女への呼称だ。俺は基本、メンバー全員の箱推しなのだが、かわかむリン、かわかすリン、かわちろうリン、かわどぷゅリンのメンバー四人のうちでは、かわどぷゅリンを好む。彼女はメンバーのなかでは最もキキキリンに似た顔だけあって、何周もチェキ列をループでき、鍵閉めなんていう荒業も数千円でできたりする。なによりも健気《けなげ》で性格が良い。外見だけで人を見るようなことはしたくないと思わせてくれたのも、かわどぷゅリンのおかげだった。

『さてさてぇ〜ヤブ威者殺しの一曲目ぇぇ！　〈ばばあ！　道ゆずれよ！〉』

『うおおお！』

〈ばばあ！　道ゆずれよ！〉はヤブサカ69のなかでも〈正直に云うよ！　またがってこい！〉や〈別格！　枕モンスター〉に続く打ち曲だった。いつもなら当然、曲紹介などしないのだが、今夜のイベはボッキングレコードからのCD発売を記念した無銭イベなので普段は来ない客向けなのだろう。

『♪ノタツクヨボツクヘバリツク〜♪　肉と白滝葱《ねぎ》豆腐？　ちょっとおばさん何すん

の～？』

『ナニスンノー！　ナニスンノー！』

「よっしゃ！　焚《た》くぞ！」TO《トップヲタ》のモリソバさんが周りのヤブ威者に声を掛ける。一斉に俺たちはサイリウムを折ったり、点灯し、振り始める。

『♪買い物かごのその中身ィ♪　コソツキウロツキカガミゴシ？　もしかもしかのもしかして～♪　今夜は今夜で今夜のお鍋わ！　ＳＵＫＩ・ＹＡＫＩ!?』

『焼いて焼いて！　すき焼き焼いて～！　俺の鉄鍋あっちっち～！』

『♪ば・ば・あ♪　ミチミチミチ道ゆずれよ！　金もってんだろ～♪』

『ネンキンネンキン！　オラもほしー！』

『♪ば・ば・あ？　ミチミチミチ道ゆずれよ♪　土地もってんだろ～♪』

『モッテルモッテルイッコダテェ！』

『おめえら！　腹から声だしてぇぇ！』

『おうぅぅ！　ぶっしゃあ、ぶっしゃあ、ぶっしゃあ、ウェイウェイタイガー！　ファイヤー！　ダイバー！　サイバー！　トンガー！　パンダー！　フンガー！　バンカー！　ギャンバー！　パンバー！　ギンバー！　金歯ー！　歯医者！　廃車！　ポンコツゥゥ！』

周囲のヤブ威者野郎どもが一斉に豚肉根性丸出しでヤブサカＭＩＸ＆マサイする。

その後、数曲も演奏するとメンバーも客も汗だくになる。ああ、俺たちこんなに暗いところで混ざってるという気持ちになる。あんなに若くて可愛い子が俺のために汗だくになって唄い、笑い、叫んでる。俺の人生では一度もなかったことだ。そして目と目が合う、確かにその瞬間、脳のなかで互いの認識がぶつかり合う手応え。俺とメンバーはTOモリソバさんが云うように『ニューロンレベルで邂逅《かいこう》し、結合し、化学反応という爪痕をDNAに残し合っているのだ』という確信があった。

アンコールが終わるとかわかむリン以外のメンバーが客を指差し、『あ！　前のTシャツじゃん！　最近、イベ来てなぁい、こいつ』とか『この人、いつも目が合う～』などとツッコミが入り、それが推しメンからのレスだとヤブ威者どもは『フヘー』とか『オラ、上野クリニックスに行くダ！』などと叫ぶ。

そして、かわかむリンから定番の『かわ逃げ、ダメ！　絶対！』宣言で、イベは終了した。

「ありがとうっ？　どぷゅどぷゅ」

どぷゅリンは小麦粉に絵の具を粗まぶしにしたような顔で微笑んだ。握手の時は常に両手でしっかりだ。他のメンバーの前にはヤブ威者がずらりと並んでいるが、どぷゅリンの前には数人しかおらず、五分足らずで順番が回ってきた。

「また俺が鍵閉めちゃった……」

鍵閉めというのは列の最後になることを云い、後ろがないためその分、長く話すことができるし、なによりもメンバーから憶えられることが多い。

「ワシぐらいで鍵閉めとか云わないでしょ？　どぷゅどぷゅ」

メンバーはヤブサカ69のファン、所謂〈ヤブ威者〉と会話をするときには語尾にメンバー特有の韻《いん》を付ける。かわかむリンなら『かむかむ』、かわかすリンなら『かすかす』、かわちろうリンなら『ちろちろ』なので、かわどぷゅリンは『どぷゅどぷゅ』なのである。

ちなみにメンバーは自分のことを『ワシ』、ファンのことを親しみを込めて『てめぇらちゃん』『カネヅル』『ヌキトク』などと云う。

「そんなことないよ。はぁ！　ちゅーもーく！　みなさぁ～ん、ここに最高の～」

かわどぷゅリンは俺の渾身《こんしん》のモノマネにピクリとも反応しなかった。

「あれ？　わかんない？」

「ヌキトク、それ何??　どぷゅどぷゅ」

「三百万年ビブリオ組金バッチリ先生だよ」

「えー。知らなぁい？　どぷゅどぷゅ」

その瞬間、握り合った掌のなかで異変が起きた。俺の掌の内側を、かわどぷゅリンの人差し指が掻くように動いたのだ。ハッとして引こうとした腕が引き戻された。かわどぷゅリンが俺を真っ正面から、うるうるした瞳で見つめていた。俺は口が半惚けで開いていた。

「はい！　今日もありがとう!?　どぷゅどぷゅ」

ボンヤリしている俺の前でかわどぷゅリンはぺこりと頭を下げるとテーブルに載ったチェキと缶バッジ、ＣＤなどを片付け始めた。

「終わりですすすぅ〜」

運営スタッフから肩を叩かれ、我に返った俺は〈ブスパラ〉を後にした。

ガ

その後、俺はいつものようにイベに参加していたヤブ威者と居酒屋〈ヲ民《たみ》〉に居た。

「やっぱ、かわかむリンのＭＣ最高だよ。てめえら！　潮噴かすぞ！　とか普通のドルだったら頭に来るけど彼女だと気にならないんだよなあ」

ヲタレッドが腕組みしながら深々と頷いた。レッドは表向きは会社員だが無許可のブリーダーをしていて頭の蝶番《ちょうつがい》がカパカパになったチワワや内臓が倍もあったり無かったりするプードルを激安でネット販売している。

「やっぱり天性のドルなんですよね。今日のリストも良かったよね」と、ヲタホワイト。ホワイトは表向きは予備校講師だが生徒からパンツを買い取り、ネットで販売して荒稼ぎしている。

「一発目に〈ばば道〉が来るとは思わなかったなあ。てっきり〈マラ日照り、淫売荒野〉か〈団地妻は断末魔〉だとばっかり思ってた」とヲタグリーン。グリーンはアパート管理人と云いながら盗聴テープをマニアにネット販売している。

「その辺りがヤブリカの神なところでしょ」と俺。俺はヲタブルー、彼らには中華街にある名店〈売珍楼〉のオーナーの息子だと説明してある。「常にヤブ威者のみならずヲタの度胆《どぎも》を抜く演出を仕掛けてくるんですよ。彼女たちは」

「でも淫売荒野のフリ変化してない？　前は♪マラがマ〜ラが、で腰を前後に振ってたよね。今日のは腰をグラインドさせてたでしょ」グリーンが立ち上がって腰を揺する。腹の肉がたぷたぷ振動する。「あれ下手したら最前の奴。カーストのミーナカ視認できたんじゃない？　マジで」

「ヤバイよヤバイよ。大手がプレッシャーかけ出すと結構、エロ路線とかで売り出そうとするからさ」

「レッド、ヤブサカに限ってそれはないよ。彼女たちは絶対に地下マインド忘れない」

「ホワイトは、かわかすリンにガチ恋だもんなあ。でも今日の腰の振りかた凄かったぜ。

♪ほーけー♪　おっけー♪　ほーけー♪　おっけー♪　に・お・いは気にしなぁ〜い♪」グリーンが茶化すように腰を動かした。

「止めてくれ！　俺のかすリンを穢《けが》さんでくれ！　それより、ちろうリンだってカーストミーナカだったぜ」

「嘘だね！」ホワイトの言葉にグリーンがムキになる。

「♪遅いなんて思わない〜♪　だってだって♪　握力にはかなわないのは女子《オナゴ》の小部屋♪　ズリ男〜ズリ男〜カレは優しいズリ男〜♪」

「おいおい。俺たちは箱推しが原則だろ。単推し話はそこそこに頼むよ」

　モリソバさんが苦笑した。

「すんまソンッ！」

　グリーンの声が響くと端にいた男達がチラチラと不愉快そうな視線を投げてきた。

「よせよ、グリーン。睨んでるぞ。あいつら、イベに居た奴らだぜ」

「そうだよ、ブルー。あれ厄介ピンチケだよ。俺、奴らが勝手にモッシュかまそうとしてたから注意したんだ。あいつら全然、純ヲタじゃないよ。あの金髪の変なのなんか接触の説教厨だよ。ガチ恋と女ヲタフタばっかりのオラオラだよ」

「最悪だな。あいつら地下アイドルを何だと思ってやがんだ。ただのコミュ障と引きこもり相手の自己満アイドルとでも勘違いしてるんじゃないのか」ホワイトがチョコ餃子を再注文する。

「でもさ、今日みたいな無銭だとああいう厄介が酷いよ。ピンチケもだけどな」ＴＯのモリソバさんが溜息を吐いた。

「そうそうモリソバさん、運営は何て云ってた」グリーンの言葉にモリソバさんは再び溜息を吐いた。

「ダメだ。ドルヲタの範囲内でやって貰えるなら許可できるけど公式には認められないの一点張り」

「誰に説明したんすか？　上と直接じゃなきゃダメっすよ。現場レベルじゃ、なんでもかんでも面倒臭がるばっかりで話になんないから」グリーンがおっかぶせ、レッドが詰め寄った。「誰と話したんすか？」

「ズリ氏だよ」

その瞬間、場の空気が凍った。ズリ氏＝ズリ元ヤサシ。俺たちヲタのなかでは『ズリヤサ』もしくは『ゼニヤサ』と呼ばれる地下アイドル界のフィクサーだ。勿論、地上アイドル業界との強いパイプもある。ズリ元に話した結果だとすれば、そこにはもう俺たちの交渉の余地は無かった。

「かあああ、わかってねえよな。俺たちが何年イベの平和と秩序を守ってきてると思ってんだよ」レッドが頭を抱える。

　俺たちは半年ほど前からヤブサカ69のイベの治安維持を目標に有志で地道に応援以外の活動をしてきたのだ。俺たちは自分たちのことを〈ヲタポリス〉と呼び、戦隊モノにならいそれぞれを色で呼び合っていた。但し、司令塔役のTOモリソバさんだけは、モリソバさんのままだった。TOとしての活動自体が既に〈ヲタポリス〉そのものであったし、彼は五十五歳と俺たちよりもウンと年上なので色も〈うぐいす〉とか〈えんじ〉などの渋い色しか思いつかず、結局、モリソバのままで定着した。

「運営はヲタとドルを発達させせんのが仕事だろうによ」レッドが喚く。

「ハッテンな。ハッテン場のハッテン」グリーンが笑う。

「まあまだ発足して半年だから、これから少しずつ地道に実績を積み上げていくしかないっしょ」俺の言葉にみな頷いた。

　それからはいつものようにイベ中のレス返しに関する個々の自慢やチェキじゃんけんが始まり、最後にはヤブサカの新曲である〈我慢できりゃ苦労はないぜ〉を唄って終わった。

「ブルー。ちょっと話があるんだけど」下足札を突っ込んでいるとモリソバさんが声を掛けてきた。誘われるままふたりで近くのペニーズでコーヒーを啜った。

「実はみんなにはまだ話してないことがあってさ」

「はあ。なんすか」

「マジで……はぁ、俺も云いたくねえよ、こんなことぉはぁ」

「どっ、どうしたんすか？」

　モリソバさんは薄い髪を掻き毟るとテーブルに突っ伏した。マン毛を塗った温泉饅《まん》頭《じゅう》のような頭皮が覗いた——シブい。

「あのな。これ絶対に秘密だからな。絶対に誰にも云うなよ。親にも自分の分身にも云うな。いいな」

「云いません。なんですか」

「ヤブサカ、くらっしゅ」

「え？　くらっしゅ……」

「次で解散だ。ヤブサカ」

　核爆弾級の衝撃が俺を一瞬で成層圏まで吹き飛ばし、オッペンハイマーがニューメキシコで実験を行ったときの台詞が甦《よみがえ》った——〝我は死神なり、世界の破壊者なり〟。気が付くと三十分が過ぎていた。モリソバさんはパンケーキを食べていて、もうそろそろ食い終わるところだった。

「大丈夫か？　話しかけても、ずっと気絶したままだったぞ」

「モリソバさんはよく平気でそんな糞の元を食べていられますね」

「糞の元以外は食い物じゃないよ。ていうか、大丈夫か？」

「だ、大丈夫です。一旦、宇宙に行ってましたけど無事に帰還したようです。でもその話本当なんですか？」

「ズリネタだ。間違いない」

「げっ……ズリネタか。マジでマジのズリネタっすか？」

「マジマジのズリズリのズリマジだ。既にヤブサカのイベは詰んでるんだよ。ズリ氏が動いてる」

「え？　でもじゃあメジャーっすか？　それはそれで見方を変えれば嬉しいような」

「ゼンリツ」

　モリソバさんはヲタポリネームではなく、俺を本来のヲタネームで呼んだ。俺は常に最前列をキープすることから〈前に立つ者《ゼンリツ》〉とヤブ威者仲間から呼ばれている。

「おまえは素潜りの巧みなショッカー女子戦闘員のようだ」

「どういう意味ですか」

「海女イーッてことさ」

「あまい……」

「ボッキングからメジャーデビューできるのは、かわかむリンとかわかすリンのふたりだけだ。彼女たちは〈ゆけ上野！　カントンシスターズ〉というデュオを組む」

「残りのふたりは」

モリソバさんは首の前で指を平行に払った。

「とにかく極秘だ。これはまだかむリン、かすリンのふたりしか知らない。ちろうとどぷゅにはまだ伝わってないんだ。おまえに教えたのにはふたつワケがあって、そのひとつは、かわどぷゅ推しだったからだ。おまえのサイリ芸とドンパッパには圧倒されたからな」

「じゃあ、明日の〈クラブ美人局《つつもたせ》〉でのイベが解散イベになるわけですね」

「実際はそうだが解散イベはしない」

「え？　どうしてですか？」

「ズリ元の意向だ。地下感を払拭する」

「そんなあ……じゃあ俺たちが今までやってきたこともなくなるってことですか」

「まあ、そういうことだな」

「そんなの納得できないッス。よくそんな話を黙って聞いてきましたよね。TOの誇りはどうしたんすか」

いつもならここまで云われると顔色を変えるモリソバさんが余裕で煙草に火を点けた。

「ゼンリツ、ゼンリツよ……」

「なんすか」

「おまえにとってヤブサカとはなんだ？」

「命っすよ。当たり前じゃないすか」

「その言葉、嘘はないな」

「ありませんよ」

「ほんとだな。この秘密も公になるまでは守れるな」

「当然っすよ。ゼンリッツを見損なわないで下さいよ」

ヨシッとそこまで云うとモリソバさんは大きめの紙袋を俺に押し出した。

「なんすかこれ？」

「おまえの未来だ」

「みらい？」

「希望と云っても良い。ズリ元は俺とおまえを〈カントンシスターズ〉の直属係にしたいそうだ」

「え？　マジっすか？　マジっすか学変？」

モリソバさんは頷いた。

「なあ、ゼンリッツ。もしも……もしも俺たちがズリ元の信用を得て、ある程度のプロデュースができるようになったらどうする？　俺たちは何をすべきかな？」

「有望な新人をデビューさせる……っすか」

「それか？　それで良いのか？　ゼンリッツ」

モリソバさんの目を見返した瞬間、戦慄が走った。

「あ！　あ！　あ！　ヤブサカ復活！」

「それだ。それだよ。ゼンリツ。うわっはははは」

「すごい！　あんた凄いよ！　モリソバさん！」

「とにかく俺とおまえが組めば百人力だ。生まれついてのヲタ根性を持つ俺たちがズリ元なんかに負けるわけがない。アッと云う間に追い越して、奴のポジションを戴きだ！」

「そうすっね、そうすっね。それでこれはなんすか？」

「テストだ。ズリ元は俺たちが本気かどうかを知りたいと云っている。ある種の忠誠心と実力を見たいんだろうな。明日のイベまでにこれを売ってくるんだ」

「えー。売るんですか」

「ゼンリツ、プロデューサーってのはまずトップセールスマンでなくちゃ務まらんのだぞ。自分に可能性のあることをアッピールしなくって、どうする？　いいのかこのままヤブサカが散り散りバラバラになっても」

「厭ッス、厭ッス」

「だったら文句云わずに売ろうじゃないか？　まずはこれを完売してそこからがスタート地点だ。俺とふたりでドルヲタの頂点に立とうじゃないか」

モリソバさんの差し出した手を俺は両手で握っていた。

ー

　モリソバさんと別れ、駅に向かっていた俺は飛び出してきた車にぶつけられた。勢いはなかったものの、やはりどこか心ここにあらずだったのだろう。俺は腰砕け気味に倒れ込んでしまった。目の前には黒塗りの外車が停まっていた。

「痛ってぇー」

「ごめんなさい！　大丈夫？」

　声は俺の背後から降ってきた。そこはアイドル御用達《ごようたし》の有名スタジオの前だった。

「立てる？」

　伸ばされた手を摑み、立ち上がって目を疑った——そこにいたのは超々有名アイドルグループ『ボボイボクロマティZ』のセンターである萬田《まんだ》モナコだった。

「あ！　俺、ボボクロ全部持ってます！」俺はアタフタしながら頭を下げた。

「大丈夫ですか？　本当にごめんなさい。病院に行きますか？」

「いや。全然、転んだだけだから……平気です」

「あ。あなた、ヤブ威者ね」モナコがクスリとエクボを浮かべた。

　すると運転席から出て来た男が財布から三万円を俺に渡してきた。

「あ。そんなそんな」

「否、あのご迷惑代ですから……」男は軍人のような物腰で一礼すると二度三度と俺の〈無事を確認した〉。見るとその様子を車内からスマホで撮っている男がいた——ズリ元だ。

アッ！　と声を上げそうになったところでモナコが謝りながら車内に吸い込まれていった。車はまるで船のように勿体《もったい》を付けて走り去った。

全ては嵐のように過ぎ去った。俺は惚《ほう》けたようにモナコと触れた右手を眺めていた。通常なら三時間待ちでも握れない手だ——取り敢えず洗うのは止めよう、俺はそう思った。


駅の多目的トイレでモリソバさんから渡されたものを確認した俺は『けへぇぇぇ』とケベック州に住む鰻《うなぎ》のような声が出てしまった。細長いカステラを入れたような化粧箱の表には〈創業安政伍年《ご》　大奥御用達　剝栗堂〉と筆文字が印刷されていて、中にはピノキの顎のような肌色の張り型が入っていた。〈一本一万以上でお願いします。ズリ元ヤサシ〉と手書きの汚いメモが入っていた。

「なんだよこんなの……どうやって、誰に売れっつうんだよ」

そう云えばズリ元の金主は大手のバイブ屋だと風の噂で聞いたことがあった。

俺は溜息交じりに電車の窓ガラスに映る自分の顔を見た。ぶよついていて病《やまい》っぽい。胸のスマホが鳴った。出るとジローの酸欠声が聞こえてきた。

『ちゃんにい……』

「なんだよ」

『ちゃんにい、あのさあ……たまがえるよ、すっごくびっくりするからあ。あはあは』

「なんだよ。早く云え。いま電車なんだ」

『あのね……あのね……ふふふ。なんだと思う？』

「知るか。早く しろ。切るぞ」

『あ、それはだめだめ！』

「あんた、電話やめなさい！　やめなさいってば電話！」

隣で化粧の崩れた天辺《てっぺん》が白髪になった髪染め節約女が金切り声を上げた。

「早く云え。隣のババアが睨んでる」

「なんですって！」女は俺の腕をきつく叩いた、おかげでスマホが落ちてしまった。

「あ、なにすんだよ、あんた」

「あんたなんかにババアって云われる筋合いはないのよ。この負け犬！　欠損脳！　常識欠落有害人種！」

女は俺の腕を摑み上げた。

「やめなさいよ！　なんなんだよ、あんた！」

屈んで拾おうとしたところで電車のドアが開き、スマホが蹴り出された。

「あ！　あ！　スマホ！　俺のスマホ！」

乗り込む流れに逆らってホームに飛び出した。どうもターミナル駅のようでホームは人でごった返していた。スマホがない。俺はホームに跪き、屈んで足の間を覗く。何人かの女が非難めいた声を上げるが、無視する。こっちはスマホなのだ。

発車のチャイムとアナウンスがし、振り返ると車内であの女が笑っていた。

ドアが閉まった。

「莫迦野郎！　おまえ！」

俺は叫んだが、女は黄色い歯を剝き出しにして喜んでいる。そして喜んだまま電車が動き出した。俺はホームを走ろうとしたが足がもつれて巧くいかない。右手に持った紙袋のせいでバランスが崩れ、右半身と左半身が俺の真ん中で喧嘩してるような感じになる。それでも全力疾走並みに息は上がっていた。電車のいなくなった線路を見ると俺のスマホが裏返しに転がっていた。

「は！」

俺はホームにあった駅事務室に駆け込むと「スマホん、救出！　早く早く！」と怒鳴った。

年配の駅員が若い駅員に『ほら』とマジックハンドを投げつけ、柄がデコに当たった若いのは思いっきり舌打ちをして『どこ』と云った。

「ホーム。そこの。すぐそこ」

スマホは線路の端に『生涯一ヤブ推し』という緑のステッカーを上にして落ちていた。着信しているのか、液晶がガラ石を点滅させている。

「あ、あれあれ」

俺が指差すと駅員はまた舌打ちし、マジックハンドをスマホに伸ばし、二、三回摑み損ねると諦めたようにハンドを引っ込めてしまった。

「ヲタ……か」

「え？　なにが」

「あんたさ。あれ地下アイドルのステッカーだろ」

「いや。そんなの関係ないから。早く拾いなよ」

するとそいつはホームの上を指差した。『電車が到着致します』とサインが出ていた。

「危ないし。ヲタのスマホを拾っていてダイヤ遅延させましたなんて云ったら、鉄道マンとして一家心中するしかないかんね。そんなことは何百億積まれたってしたくありません」

勢いよく電車が到着すると人間が吐き出され、人間が吸い込まれる。その駅員はまるで周囲のことなど一切、興味がないといった風に爪先でリズムを取って、俺を見つめていた。

電車が出て行くとまた駅員は拾う作業に戻った。が、また二、三度取り損なうと止めてしまった。俺が何か云おうとすると、また上を指差した。あのサインが出ていた。

「ヲタって……アイドルのものならなんでも欲しいんだろ」

俺は黙っていた。

「糞でも喰うのかな……喰うな……きっと……」

それから更に三本ほど待ってようやく駅員はスマホを拾った。画面がひび割れ、酔っ払った蜘蛛《くも》の巣のようになっていた。指でくりくりしても滑りが悪い。

ジローからの着信が連続十件以上もあったので掛け直す。

『あ、ちゃんにい……。どうしたの？　大きな音がしてザラザラで聞こえなくなったよ』

「いろいろあったんだよ。それよりなんだよ」

『あのね……かあちゃん、入院したよ。また倒れたんだ。アオキの爺さんの頭に天津飯ぶっつけちゃった。あああ、あはあはあは』

「莫迦！　笑ってる場合か！　いつだよ？」

『お昼だよぅ』

「莫迦！　なんでもっと早く教えないんだ」

『とうちゃんが教えるなって。ちゃんにいは莫迦で生きてる価値ないから、放っておけって。あのね、人間の屑だって。そんなことないよねえ。屑ってホコリでしょ？　ホコリはご飯食べたりしないもんねえ。あはあはあは』

「病院はどこだ」

『リンコー病院。宮城屋の裏の』

目の前に滑り込んできた電車に乗り込もうとすると腕を掴まれた——あの駅員だ。

「なに」

「ありがとうございました、は？」

「なんなの？　なんだよ！」

俺は腕を振り払うと列に押し込まれるように乗り込んだ。

「ヲタは礼も云えねえのかよ！」人混みの向こうから駅員が怒鳴る。目つきがおかしい。

俺は車輛《しゃりょう》の奥に進みながら叫んだ。

「莫迦！　莫迦！　鉄莫迦！　駅莫迦！」

「てめえ、今度逢ったら、突き落としてやるからな！」

ドアが閉まる。電車が動き出すとあの駅員が併走しながら怒鳴っているのが見えた。

帽子が落ちたがお構いなしだ。

それに気づいた周囲の客が〈すげぇな〉〈たまってんな〉などと声を上げた。

## フ

ベッドの上のおふくろは縮んで干物のようだった。寝ている癖に息が荒かった。病室は今夜だけは様子を見るためなのか二人部屋だった。同室の相手は色々と管がついていて頭から顔までが包帯でぐるぐる巻きになっていた。

運の良いことに親父は帰ったばかりだと看護師が云った。

「おふくろ、大丈夫なんですか」

「もしかしたら脳の血管に問題があるかもって先生が仰ってたから。詳しいことはお父さんから聞いてください」

「参ったなあ。俺、親父とあんまり巧くいってないから話しづらいや」

「そう」看護師はあまり興味なさげに頷いた。俺より年下だろう、なのにずっと大人っぽかった。きっと制服のせいだ。

「目ね」

「え？」

「おかあさん、ずっと前からきっと酷い頭痛があったはずなのね。よく我慢して働けたと思うって先生が……。おいくつ？」

「え？」

「歳」

「あ、三十四」

「違うわ。おかあさんよ」

「あ、えーと。六十いくつか」

「そう。おかあさん、目がね……目ね。あなた、サブローさん」

「うん」

看護師はポチ袋を出した。

「なにこれ」

「おかあさんがサブローさんが来たら渡してくれって。なにかセミナーに必要なお金って」

ポチ袋の中には二万円が入っていた。ラッキーだった。今日は散々な一日だったが莫迦ツキだ。

「あれ？　電話かしら」

看護師が耳を澄ませた。確かにスマホの振動に似た音がする。が、それよりも大きい。

「この部屋に、スマホは持ち込み禁止なのよ」そう云いながらベッド脇の棚を探る。

「あなたのかしら」

「いや。俺のじゃない。ほら」照明の消えたスマホを看護師に見せた。その途端に音が激しくなった。隅に置いたアノ紙袋からしていた。血が逆流した。

「そこから鳴ってるわ」

「あ、いや。大丈夫」

「電子機器の持ち込みは禁止なのよ」

紙袋に看護師が手を差し込んだ。

「電子じゃない！　電池！」

「電池？　おもちゃなの？」

「そう。おもちゃおもちゃ。俺が開発したの」

看護師がホッとしたように手を引いた。

「じゃあスイッチを切れば。電池でもたまに計器に誤作動や誤データを発生させるものがあるから。ね」

莫迦のように首を上下させると看護師はクスリと笑い「お願いします」と出て行った。

俺は〈御用達〉の箱を取り出し、唸《うな》っているものを確認した。唸りは三つあった。

箱を開けると〈首を器用に回すヨガの人〉みたいにバイブスの先端が回転していた。

「なんで唸るんだよ。冗談じゃないよ」

また移動中に動いては堪らないので、俺は全ての乾電池を抜くことにした。箱のなかは透明なプラスチックやら細く紙を切ったクッションやら、先っちょに付けるブルブルやビロビロなどのアタッチメントもしまってあり、一旦取り出すと容易に元に戻らない。

「こんなものが一万円もするのか……地獄だな、現実社会は」

床に置くと汚れてしまいそうなので俺は安眠しているおふくろの周りにバイブスをフラワー的に並べながら、一本一本心を込めて丁寧に電池を確認しようとした。

するとは廊下の向こうからはしゃぐジローの声が聞こえてきた。しまったと思った瞬間、ジローがドアを開け、続いて親父の顔が見えた。

「お、親父……。こんばんは」

「あ、ちゃんにい！　何コレ？　いいなあ～これいいなあ～」

ジローがおふくろの横にあったバイブスを取り上げる。俺の顔面を親父が殴る。

「な、なにすんだよ！」

「遂に外道に堕《お》ちたな貴様……」親父がバイブスを乱暴に叩き落とす。

落ちたバイブスたちが抗議するように一斉に床で動き出す。

「やめろよ！」

「外道の毒蛇ガー！」

拾おうとしたバイブスを親父が踏み付けた。バイブスはくの字、への字になりながらも健気に回転を止めなかった。辛そうだ。

「やめろ！　これは俺の夢と希望なんだ！」

親父は俺を睨み付けると歯軋《はぎし》りしながら云った。

「き、貴様、法律家になるんじゃなかったのか。なれるとは夢にも思わんが……」

「なるさ！　そのためにも俺にはこのバイブスが必要なんだ！」

親父の顔がグミの一番人気のない色に変わった。

「と、溶けろ……。このまま何も云わずにこの世から溶けて消えろ……そんな生き方をしてなんになる。おまえのような人生なら蛆虫のほうがまだマシだ。頼むからこのまま溶けていなくなれ……地獄で焼きそばになれ」

「なに云ってんだよ、あんた。これは推しのかわどぷゅリンを救うための人道的措置の一環なんだぞ。俺が約束を破ったらヤブサカの復活が水の泡になるんだ。そんなことになったらヲタポリスの未来はどうなる？　ピンチケや無銭厨のやりたい放題になっちまうんだぞ！　俺だってヲタドルと結婚できなくなるカモー」

「け、結婚？　む、無職で引きこもりで低脳で高脂血症で歯槽膿漏《のうろう》で若年性アルツハイマーで若ハゲでド近眼で水虫で本も読めない、潰れかけの中華屋のジジババ付きのド長男が結婚なんかできるわけがないだろう！　何を云ってるんだ？　おまえなんかより上野のシャンシャンのほうが先に嫁ぐに決まってるんだ！　文句があるなら何か云ってみろ！　云えるのか？　云えないだろう！　この負け犬野郎！」

　俺は返事の代わりに咄嗟におふくろの横のバイブスを摑んだ。

「た……タイガーファイヤーサイバーファイバーダイバーバイバージャージャー」

　俺はＭＩＸとヲタ芸で親父に対抗することにした。両手にはサイリウムの代わりに折れながらも動き続けるバイブスたちだ。

「な、なんだ！　なんだそれは！」

「あーよっしゃいくぞー！　シャイニーファイヤーサンダーウォーターネイチャーポイズンサクマーファイボータイガー！　ファイヤ！　サイバー！」

「ううう……生まなければよかった！　貴様なんかができるくらいならジローだけで充分だったんだ」

「よっしゃラーメン行くぞ！　チャーシューメンマ煮卵もやし替え玉キムチ！　ウチの中華はメン最高、マジ最高！　さあ行こう！　さあ行きますよ！　かわかわかわかわかわどぷゅリン！」

「ば！　莫迦野郎！　おおお」

　親父が尚も叫ぼうとすると看護師が数人吹っ飛んできた。

「なにをしてるんですか！　ここは病室ですよ！」

　年配の看護師の向こうにさっきの看護師がいた。バイブス両手にヲタ芸を決めている俺に視線が集中していた。

「出て行きまさい！　いますぐ面会中止です！　出て行きま！」

年配看護師のけたたましい叫びに俺は手早くジローからバイブスを奪い返し、他のものたちも紙袋に突っ込むと廊下へ駆けだした。

ア

バイブスは二本が再起不能、一本がデンチ三ヶ月の重傷と思えた。どちらにせよ、これではモリソバさんに叱られてしまうし、三万は自腹決定だ。これ以上しくじれば俺の輝ける未来も三ワットの麦球並みに萎《しぼ》んでしまう。裏口からそっと家に戻ると中華屋の明かりが消えていた。親父が臨時休業にしたに違いなかった。気づかれないよう慎重に部屋に戻り、鍵を掛けた。スマホにモリソバさんから『明日、よろしく！』とメールが入っていた。小学校のイジメで左目を失って以来、引きこもりになった俺は原則、無職だ。たまにネットの懸賞サイトに応募して、おこめ券やファミレスのお食事券を当てる程度の収入しかない。基本、イベなどのヲタ活動はおふくろの俺の未来に対する先行投資によって賄われているので問題はないのだが、困るのはこういう突発的な事象が発生したときなのだ。今まではおふくろに事態の打開について相談すれば何とかなってきたのだが、今では頼みのおふくろが修理中だ。誰かに売るというアイディアは浮かばなかった。このままでは、かわどぷゅリン復活はおろか、今まで積み上げてきた俺のヲタ生命にも関わる事態となってしまう……。仕方がない、背に腹は替えられないし、全ては将来を見据えての決断だ。俺は考えた末、下に降りた。親父は部屋で既に呑んでいるようだった。

「親父……」と声を掛けると『なんだ』と濁った返事があった。

何年ぶりかで開けた親父の部屋は俺が中学校の頃と何も変わっていなかった。吸い殻の溜まった灰皿、ヤニで汚れた壁紙、千切れかけたビールのポスター、黄ばんだ料理用の白衣が部屋の隅に丸めてある。テレビに見入る親父の前には既にハイボールの缶が五つほど並べてあった。

「へえ、それが缶のハイボールってやつか、初めて見た」

掛ける言葉もないので俺はそんな形で切り込んでみた、が、親父はテレビに目を向けたままだった。仕方がない、第二の矢だ。

「仮想通貨ってのはアレだね。お金お金って云ってるけど実際のところアレは一種の株じゃないかと俺は思うなあ。だから、もしもの時は自己責任になっちゃうんだよ。アレはまたどこかの金持ちが自分たちだけ儲けるためにやってる悪巧みだと俺は思うなあ」

屁。

返事の代わりに親父は片尻を上げて屁をした。俺は少し黙った。すると親父がまた屁をした。先程と同じ用量を同じ要領で。俺は第三の矢を放つ。

「ココ・シャネルってのは仕事を始めた頃に交わした契約に不満があって、それを是正して貰おうとナチの高官に擦り寄ったらしいね。莫迦なことだよ。そんなことをしたおかげで大戦後、彼女の評価はダダ下がりさ。再評価されるまでにはアメリカから巻き起こったウーマンリブの時代まで待たなきゃならなかったんだ。本当に、どんなに苦しくても人間は悪と手を結んじゃいけないね。あはあはあはあはあは」

気づくと親父が下から睨《ね》めつけていた。

「なに？」

「おまえ、電気でも打ってきたのか？　エヌテーテーの小林が電柱のトランスに触れて吹っ飛んだとき、二、三日いまのおまえみたいだったぞ」

「親父、十万くれ。いや貸すでもいい」

すると俺の足元に延長コードが投げつけられた。

「ここではやるな。他所も迷惑だ。二階でやれ」

俺はコードを見つめ、顔を上げた。親父が屁をする。器用な人だ。

「なんで俺が首括《くく》らなきゃなんねえんだよ」

投げ返したコードが親父の背中に当たる。

「生きていてもなんの意味もねえんだ。おまえが居るだけでエネルギーが減る。エコだよ、エコ。地球にもっと優しくしてやれ」

「あんたに何がわかるんだよ！　俺だってやりたいことは一杯あるんだ」

「わけのわからねえ、女道化に銭使わされてるだけじゃねえか。おまえは絶対にこの先、人殺しか強姦魔になる。かあちゃんは入院。ジローがあれだから金が掛かる。おまえがこの先、殺した娘さんの家族に払える銭はねえ。だから人を殺す前に自分を殺してくれ。それならまだなにがしかの同情は引ける。今がチャンスだ！　ラストチャンス！」

「わけわかんねえし」

「とにかく死ぬことだ。頼む、これからのことは騙されたと思って、一度死んでから一緒に考えようじゃないか」

「狂ってるぜ、あんた。前頭葉がメルトダウンしてる。制御棒はどこいったんだよ」

「セイギヨボーはどこいっただよ！」

振り返るとジローが笑っていた。

「おまえは二階に行ってろ」親父が顔を顰めた。

「とうちゃん。ちゃんにい、頑張ってるよ。話、い、一回ぐらい聞いてあげなよ」

「だめだ。ジロー。親父は何を云っても」

「ねえ。とうちゃん、ちゃんにいのこと信じてあげて」ジローは親父に手を合わせた。

「おねがいしもす……おねがいしもす」

しばしの沈黙、親父がほうっと溜息を吐いてからテーブルの煙草を取り、火を点けた。

「一度だけ、一度だけ。聞いてやる」まるで自分に云い聞かすみたいに呟いた。

「え？　よかった！　よかったねえ、ちゃんにい」

ジローが手を叩いた。

「早くしろ。ドラマが始まっちまう」

「わかったよ」俺は親父の前に座った。ジローも脇に座る。「俺は、いま人生の岐路の真《ま》っ只中《ただなか》にいるんだ。ヤブサカ69が終了決定で彼女たちを復活させるには俺が頑張るしかないんだなあ。俺はガチ恋とか大嫌いで推しメンとは距離保ちで支える主義なんだ。最初は在宅厨だったけど、やっぱり卑怯《ひきょう》って云うか物販とチェキで支えの実じゃん。行けない報告とか応援電波なんか実際、クソなわけ。だからヲタポリスって活動を始めたんだ」

「ちゃんにい、ヤブサカ大好きだもんね。ボクも？　♪きゅんきゅんマイホルモン～ホルモンは放るモン～♪　ってやつ好き」

「あ、それな。〈他界、レス乞食〉って曲。それはヲタ芸が独特なんだぜ。ってなわけでとにかくここのところは全身行くしか！　精神よ。おかげで鍵閉め鍵開けも体験できたしさ。ヲタポリスの今後の主な活動はピンチケ制御と最前管理組合とのゼロズレ交渉。

推しジャン・マサイの統制、それと女ヲタヲタや出会い厨、接触厨の排除も含まれるな。実際のところは運営の協力はマストなんだけど、範囲をがっつきにカメコや厄介まで含めると。なんとか自治厨のひとりやふたりは味方に付けておきたいんだよなあ」

「あともう居ない人を推すのも駄目だよね」

「あ、遺族な。でもそれは沸かずに後方見守りならなんの問題もないわけよ。それよりヲタポリを本格始動できることになったら守備範囲はＳＮＳまで伸ばす必要もあると思うんだよ。そうなると説教厨やツイ廃、つながり厨も対策が必要だし……現場ドナドナや物販剝がしの権利もやっぱり運営サイドから得ておかなくちゃだな。でもヲタポリ活動がメインになりすぎてグッズが枯れ放題で、いつのまにか他界認定されたらマジ勘弁だよな。ヲタポリ必死で他界詐欺疑惑なんて泣くに泣けないからよ。こうなってくるとマジで体がふたつ欲しいー状態だな、あはあはあはあは」

「おい」

「はい？」

「おまえ、いったいなんの話をしてるんだ」

　親父の顔が赤黒くなっていた。

「なんだって、だから俺の夢と生き様についてじゃん」

「ね？　ちゃんにい、頑張ってるでしょ」

「そんな怒んなよ。ド素人にもわかるように説明してやっからさ。とにかく俺はヲタポリ結成が夢なんだけど、その前に推しの告白って急展開に面食らっちゃったわけ。でもそこは正直、何が何でもの精神じゃん。相手が推しメンとくればさ。だって太ヲタでも財閥ヲタでもない下手すりゃ無銭厨の俺だぜ？　こんなド底辺の中華屋の小倅にしてはできた話だと思わない？」

「あ！　ちゃんにい！」

ジローの声で我に返ると親父が中華鍋を叩きつけてくるのが見えた。

イ

気づくと自分の部屋だった。

そばには俺を殴った中華鍋とそのなかにイチヨーが一枚放り込んであった。

「こんなもんじゃ足りねえんだよ」

時計を見ると午後五時を回っていた。スマホにモリソバさんから『解散宣言は今日のラスイベ終了直後。かわどぶゅとかわちろうにも知らさずに行う予定』とあった。なんてことだ。完全にドッキリペースの抜き打ちでやるつもりだ。鬼畜だなズリ元。俺は返事をしなかった。やり方があまりにもあんまりだ。それともうひとつは見知らぬ番号。

便所の鏡を見るとおでこの左に大きなコブができていた。親父め、本気で殺しにかかってきやがったのか？　人が一生懸命、説明してたってのに一体、何が気に入らないというのだろう……ああいう男の更年期障害を拗《こじ》らせたまま老年になった手合いは質《たち》が悪い。きっと誠実に生きようとしている青少年が眩しいのと、我と我が身のみっともなさを再認識してしまうおかげで近親憎悪的な怒りを生み出してしまうのだろう。もっと自分の倅に愛をもって接して貰いたいものだ。

便所から出たおれは早速家捜《やさが》しをすることにした。とにかく俺には金がないのだ。財布の中には運良くおふくろがくれた二万とボボクロの運転手からの三万で五万。残り五万がマストだ。まずジローの部屋から始めた。全くもってあいつはしょうがない。古いオモチャやカードばかり集めていた。もしかしたらおふくろの箪笥の中にでも隠しているのじゃないかと漁《あさ》ってみたが、金目の物はなかった。今更、質屋に持っていくものも見つからない。

こうなったら背に腹は替えられないと悟った俺はレジの金を借りようと中を開けた。ウチの場合、閉店すると札はおふくろが持って上がり、翌日の午前中、銀行に預けに行くのだが、思った通り親父はズボラを決め込んで札が硬貨トレーの下に仕舞いっぱなしだった——なんやかや集めて二万。

「むっふふふ。明智君、ボクの勝ちだね」

札を抜き取り、トレーを戻そうとした時、奥から紐のようなものが出て、手首に絡みついた。

「えっ？」

驚いた途端、電流のような激しい痛みが躰を貫いた。慌てて振り解く。床で噛み付いたものが蜷局《とぐろ》を巻き、鎌首を持ち上げていた。

「え？　えー？　なにこれ？　なんでなんで？　なんで中華屋に蛇なの??」

考える間もなくそいつは更に俺の足首を噛んだ。

「ぎゃー」あまりのことに腰を抜かした俺は「たすけて！　たすけて！」と、ひとり店の床で転がりながら悲鳴を上げた。

気づくと蛇の姿は消えていた。残りはさ、三万だ。早くしないとラスイベに遅れてしまう。そんなことになったら今のヤブサカ四人が揃った姿を二度と見られなくなってしまう。しかもそんな現場に居なかったとなると俺のヲタポリ生活は完全終了。あわよくばズリ元に雇われたとしてもそんなドジなヲタの噂は一生付きまとうに違いない。現に俺たち自身が何年も前にドジッたヲタの噂を肴《さかな》に呑むのが常じゃないか——そんなことは絶対にさせてはならん。

俺は二階に戻ると再び探すことにした。ジローが莫迦とはいえ簡単な場所に隠しているとは限らない。俺は奴の学習机の一番下の抽斗《ひきだし》を外した。ビンゴ！　ジローは奥に小学生が使うようなビニールのがま口を隠していた。中を開けると色々な札で二万円入っていた。きっと月々の小遣いやお年玉の類をシコシコ貯めたのだろう。ありがとう、ジロー。これでお兄ちゃんはおまえが喜ぶような偉い兄貴になれるだろう。仕上げに親父の部屋を漁る。情けなくなるほどスッカラカンの部屋だったが、唯一、五百円玉BΛNKの缶詰があった。ずっしりと重い。しめた！　と俺は缶切りで苦労して開け、そして絶句した。缶の中身は全て五百円玉によく似た駅前スロット屋のメダルだった。本当にどうしようもない人だなと俺は思った。あんな人の子どもに生まれてしまった時点で俺の将来は決まってしまったんだ。見れば既に六時になりかけている。イベは七時だ。もう時間がない。俺は素早く着替えると五百円玉BANKを手に外に出た。

——メダルはガッカリしたことに八千円にしかならなかったが、中華鍋にいたイチヨーを足せば合計十万三千円。モリソバさんに渡しても、なんとかイベに参加できる計算だ。

間の悪いことに人身事故があったらしく電車がアキバのふたつ前で停まってしまった。駅員に復旧の時期を訊くと『三人が同時に飛び込んだので線路が食べ放題のすき焼きのようになっている』とのことで、最低でも二時間は停まるでしょうと云われた。そんなに待っていたらイベは終わってしまう。俺は改札を飛び出した。が、目的地までのバスはわからないし、タクシーを使えばイベには参加できない。仕方なく、俺は走ることにした。全力で走るのは小学校五年の時から二十三年ぶりだ。が、角を二、三個過ぎるとすぐに乳酸で腿《もも》が上がらなくなり、走っているのか歩いているのかわからない程度になった。それでもぬるぬるぬるぬるぬる蛞蝓《なめくじ》のように移動しているとしまいに足首が痛くなってきた。周囲の人間が奇妙な顔で俺を見る。汗だくで足を引きずりながら蒸気機関のように喉を鳴らす決死の形相のデブが珍しいのだろう。俺だってそんなのが近くを通れば見物に行く。嗤え嗤えよ。いまのうちだけだ嗤えるのは。そのうちにおまえらが引っ繰り返るような大物プロデューサーになってここらの商店街の全てに俺の名前の通りを作ってやる。

「おい！　あんた」

そろそろアキバの煉瓦が見える頃、自転車ですれ違った男が俺に喚いた。

「あんた、大変なことになってるぜ」そいつは停まって目を見開いて顔の前を撫でる仕草をした。わけがわからず反射的に俺も顔を撫でるとべったりと血がついた。見るとヤブTの胸の辺りまでが血で真っ赤だ。おまけに触れた手が指先まで金目鯛色に変色していた。

「あんた、大丈夫か？」

奴が近づいてきたので俺は後退った。その瞬間、七時を報せる鐘の音が響いた。ヤバい！　解散イベが始まってしまった！

俺はその男に近づくと自転車のハンドルをグワシッと摑み『ごめんねごめんね〜』と云いながら引き剝がした。

「なにすんだよ！　あんた」そう云いながらも近づこうとはしなかった。俺はもう一度、大きく「ごめんね！」と絶叫すると自転車を漕ぎ出した。アキバの交差点を駆け抜ける。目の前がチカチカしてきた。信号なんか待ってられない。一曲目から打ち曲になってるはずだ。なにしろかわかかむリンは、こういう時こそアグレッシブになる女だからだ！

鼻先を何台もの車が過ぎり、クラクションがけたたましく鳴らされる。急激に視界が暗くなり、チカチカする。耳に心臓が生えたように鼓動がやかましい。ドンッと脇腹が思い切り叩かれた。見ると車が停まっている。運転手が驚いた顔で俺を見つめていた。撥ねられたのだ。が、そんなことはどうでもいい。俺は立ち上がると自転車を捨てて、もみもみ身悶《みもだ》えするするような感じで走った。もうすぐだ……もうすぐで〈クラブ美人局〉だ。

入口の前で俺を見つけたモリソバさんが飛び上がった。

「よかったよかった！　もう始まってるぞ！　ゼンリツ！　金は？　金」

俺はポケットから財布を取り出した。

「俺……やりましたよ……やりましたよ！　モリソバさん！」

札を受け取り数え終わったモリソバさんは何度も頷いた。

「よしよし。よくやった。さあ、早く入れ！　一曲目は〈レマン湖はわたしのなかにだってあるし〉だったぞ！　急げばまだ間に合う」

「え？　あの封印曲ですか！」

モリソバさんは俺にチケットを差し出した。

「ありがとうございます！」

俺は地下へと階段を下りた。受付の係が俺を見て吐きそうに頬を膨らませた。が、俺の勢いはそんなもので止められやしない。ドアを開けると一斉にヲタの熱気がイグアスの滝のように降り注いできた。舞台は最高潮だ！

俺は近くの奴のサイリウムを取り上げると最前列に向かった。管理組合とピンチケが何かを喚こうとしたが、俺を見て黙りこんだ。

『てめぇらちゃん！　今夜も生き肝ぶっこ抜いてやるからなあああ』かわかむリンが絶叫するとヲタの悲鳴と歓声で現場が揺れた。ラスイベという覚悟を背負った今夜のかわかむリンは凄かった。〈依存リエゾン〉〈じじい歯を磨けよ！〉〈チェキの枚数だけが誠意だぜ〉〈本音は金のためならなんでもやるよ〉など次から次へとヲタ芸の打ち曲ばかりをかけまくりだ。

そのうちオウオウが始まった。オウオウとはヲタのなかからひとりを周りが掴んで持ち上げてそいつに打たせたり目立たせる芸だ。当然、メンバーからのレスが浴びせられる。

「ブルー！　どうしたんだよ！」見るとヲタポリのメンバーが俺を囲んでいた。

「血だらけだぜ。こんなところより医者に行った方がいいぜ」

「これを逃すぐらいなら死んだ方がマシだ」

その瞬間、目眩がして俺は腰が抜けた。埃臭い床に転がると誰かが足を踏み付けた。噛まれた腕が黒ずんでいた。心臓が苦しく、息を吸っても吸っても酸素が足らない感じだ。ヲタポリメンバーに立ち上がらせて貰う。ホワイトの肩を借りてなんとか体勢を保つ。

「ブルー、顔色が真っ青《ブルー》だぜ」

「大丈夫大丈夫」と云いながらまた意識が朦朧《もうろう》としかけた。今や何か巨大な蜂が現場を飛び回っているのを聞いているようだった。

するとと曲とは別に周囲が騒がしくなった。腕を掴まれ、無理矢理、押し出される。と、誰かの靴が顔に乗った――顔面騎乗だ！　舞台最前に出たメンバーがヲタの顔を踏みつけて歩く芸だ。これをされたヲタはイベ終了後、無料でチェキが撮れるし、謂《い》わばドルヲタの最高の名誉とも云えるのだ。俺の上に乗っているのはかわどぷゅリンだった。

「どぷゅリン！　今までありがとう！」俺は叫んだ。

するとかわどぷゅリンが『なんだって？』と叫びながらマイクを俺に向けた。

「解散おめでとう！　ヤブサカは俺が必ず復活させるから！　それまで元気でいてくれ！」

俺の声が会場に響き渡った瞬間、辺りが静まり、次に絶叫と断末魔と舞台からの怒号に変わった。あちこちでヲタとピンチケの小突き合いから発展した殴り合い、蹴り合いが始まった。俺も当然のように引き倒され、何度も蹴られ殴られた。

『やめて！』突然、箱を圧倒する最大ボリュームで、メンバー全員が絶叫した。

メンバーが泣いていた。ヤブ威者も泣いていた。

『ねえ。誰が云ったのそんなこと？』かわかむリンが俺に向かって云っていた。『おにいさん、誰が？　ヤブサカ解散だって？　てめぇらちゃん！　そんな言葉信じんのかよ！』

皆が固唾を呑んで立ち竦《すく》んでいた。

『ワシたちが解散するわけネエだろ！　来月メジャーからデビューするが、ワシたちメンバー全員一生、てめぇらちゃんたち、ヤブ威者は捨てねえからな！　覚悟しろ！　解散なんかしねえよ！　ばーか！　次行くぞ！〈ばばあ！　道ゆずれよ！〉』

絶叫MCが終わった途端、会場は爆発した。俺は引きずり出されていた。

「あんた、一生出禁な」

入口に転がされた俺に運営が冷たく云い放つ。グリーンとレッド、ホワイトもいた。みんな腐った魚を見るような目をしていた。

「ヲタポリは俺らだけでやるから。あんた、次に見たら叩き出すから」

レッドが唾を吐いた。

「ま、待て……モ……モリソバさんは……」

「奴はオーストラリアに行ったよ。向こうで土産物屋をやるんだと」

「え？　なんだって？　ズリ元と組むんじゃなかったのか……」

「あんた何の話してるんだよ」

「病院行けよ。あんた糞みたいだぜ」

「死ね。屑」

ヲタポリそれぞれが罵声を浴びせ、階段を下りていった。

俺は道路に仰向けになったまま嗤った——莫迦だ。少し考えればわかることなのに
……ははは。

人の足が俺を避けていく。その時、俺は心の底から自分は社会的ゲロなんだと思った。

『おにいちゃん……』不思議なことにおふくろの声がしたような気がした。

と、急ブレーキの音が耳元でし、驚いて顔を上げると俺は車の中に放り込まれた。

「な……なに……なにこれ？」

俺を乗せた車は猛スピードで走り出した。横には見たこともない眼光の鋭い初老の男が居て、俺を睨み付けている。

「あ、あんただれだ」

「黙れ」俳優のような低音で叱られ、俺は怖くなった。

「や、ヤクザですか……俺……」

男は舌打ちすると俺の目に光を当て、次に腕を掴んだ。

「莫迦め。すっかり回っている。どうなるかわからんぞ」

男が注射器を取り出したので俺は避けた、つもりだったが躰に力が残っていなかった。

ぶすりと腕に針が突ききるのを眺めているしかなかった。

「よかったね。ちゃんにい」助手席からジローが顔を出した。

「は？　なんでおまえが！」

「イチローに嚙まれたでしょ。レジ開いてたもん」

「あ、あれ……おまえが……」

ジローは頷いた。

「番蛇だよ」

「ば、莫迦……」

「莫迦は貴様だ。おふくろさんが入院しているにもかかわらず、店の金を盗んでまで、あんなとこに出かけるなんぞ店を手伝ってるジローよりも、貴様のほうがずっと莫迦だ。それにしてもよく居場所がわかったもんだな」

初老の男の声に運転している男が振り返った――あのスマホを拾わせた駅員だった。

「俺とこいつ同じアイドルグループを応援してるんですよ。もっとも俺はイベントに行ったりはしないけど。今夜はあそこでやってるのは知ってたんです」

「な、なにこれ……」

「おまえを今から病院へ連れて行く。おまえを噛んだのはヤマカガシの幼体だが毒性はハブより強い。血清は打った。が、その後……」

とそこまで聞いて俺は気を失った。

気が付くと俺はあの男に頬を張られていた。

「ええい！　愚図愚図するな！」

車から引きずりだされた俺は次に病院内をあちこち引きずり回され、どこかの部屋に置き去りにされた。

壁に付けられたビニールソファで横倒しになっていると人の声がし、ドアが開いた――親父だった。俺は殴られると思い両手で顔をかばった。が、何も起こらない。腕を下ろすと、あの看護師とジロー、駅員と初老の男、親父が並び、目の前にストレッチャーがあった。

「おにいちゃん……」その上に寝たおふくろが俺を見ていた。「あんた……大丈夫なの？　怪我してるみたいだよ。大丈夫なの？　大丈夫？」

「おふくろさんはあんたの顔を見るまで手術はしたくないと粘ってたんだ」初老の男が呟いた。「今度の手術でおふくろさんは視力が無くなる可能性がある」

　おふくろは俺を見て何度も頷く。

「最後におまえさんの顔を見たいと云っている。だから連れてきた」

　俺が顔を上げると親父が云った。

「こちらは、お医者をしている白石さん、こっちはアノ鉄道会社で働いてる木村さん。ふたりともウチの常連さんだ」

「おまえさんのせいで旨い飯が食えなくなった。みんな、迷惑している」

「すみません」俺が俯くとその手をおふくろが握った。

「おにいちゃん……かあさん、目をね。目が……」

「わかってるよ。大丈夫だよ。心配すんなよ」

「違うの。おにいちゃんの目をね。守ってあげられなかったね。あの日、あんた、目から血を流して店に飛び込んできたもんね。ごめんね」

「いいんだよ。そんなこと。俺はもう大丈夫なんだから」

「顔みせて……顔」

　おふくろは手を伸ばし、俺の顔に触れた。

「ちゃんとすればお父さんに似た良い男だよ……おにいちゃんは」

俺が頷くと看護師が「そろそろ」と云っておふくろを連れ出した。みな、それに従うように出て行った。

俺だけがポツンと部屋に残された。俺は小学校のあの日以来、絶対に呼ばないと決めた言葉を呟いていた。「かみさま、かあちゃんの目を……」

ヤ

俺は三日、おふくろは二週間入院した。

おふくろの手術は成功し、視力はかなり落ちたものの普通の暮らしはできるようになった。ただ中華屋で働くことは医者から止められてしまった。

だからいま俺は親父とジローと一緒に店で働いている。店の売り上げは相変わらず厳しいが、俺には、ひょんな副収入ができた——原因はあの萬田モナコだ。

店を再開し、三日ほどすると黒塗りの外車が横付けされ、そこからモナコと背広姿の変なおっさんが降りてきた。

「あ！　あんた！　どうして此処へ？」

ブルーカラーの缶詰のような店先にモナコは場違いにも程があるオーラを放っていた。

「うふふ。ヲタの情報網を侮ってはダメでしょ。ヲタポリス、否……ゼンリツさん」

「げっ」

呆然としている俺を余所《よそ》にモナコはもうひとり――外車から、ちんちくりんのおっさんを招き入れた。

「話を聞いてほしいの。こちらはエゴジャパンのフクロクさん」

「毎度だす。七福七福」

おっさんは静まり返った店内に向かい、〈わっははは〉と笑った。

モナコが話を聞いて欲しいというので休憩中に相手をした。おっさんはファミリーレストランなどの入口で売っている簡易おもちゃ屋の社長だった。

「またオモチャ……か」

「なんでっか？」

「いや、別に」

「萬田はんから聞きましたんや。なんや、おにいさん、エライ手ぇを持ってはるそうですなあ」

「は？　手、ですか？」

「ええ。なんでも万人にひとりの、ええ感触やと。萬田はんが云いはりまして」

おっさんはそう云うと俺の手を摑んで揉み始めた。

「ああ。ほんまや！　なんやこの指が沈み込むような。それでいて微妙な揉み返しの嬉しいような……不思議な感触は……」

「でしょ？　でしょ？」モナコが目を輝かせた。「ワタシもこんな手がこの世にあるのかってビックリしちゃったの。社長、どう？」

「いやぁ、これはイケまっせ〜。いまの時代、みなさんストレスが溜まってまっしゃろ？　これを仕事の合間に揉み揉みすれば、一気にストレス解消や！　どうだす？　おにいさん、迷惑は掛けまへんから。ちょっとワイにやらしておくれやっしゃ」

「はあ」

「よかったわね！　ゼンリツさん！」

モナコは満面の笑みを浮かべた。


というわけで、俺の手をいろいろと計測して開発されたストレス解消グッズは『ヲタの手』の商品名で発売され、そこそこの売り上げとなった。

世の中はまったくどう転がるかわからない。

でも俺は親父よりも炒飯《チャーハン》が旨くなったと白石さんと木村に云われるように今も頑張っている。

おひまい？　どぷゅどぷゅ

参考文献

ぺろりん先生『アイドルとヲタク大研究読本』カンゼン
ぺろりん先生『アイドルとヲタク大研究読本 イエッタイガー』カンゼン
ぺろりん先生『アイドルとヲタク大研究読本 #拡散希望』カンゼン

「ヲタポリス」の執筆にあたり、作家の柴田勝家氏に
お力添えいただきました。深く感謝いたします。

# 解　説

杉江松恋

くよくよすんなよ、な。

平山夢明の短篇を読むと、そんな感じで、ぽん、と背中を叩《たた》かれたような気分になる。人生にはどうしても上手《うま》くいかない袋小路があるもので、そういう時に読む平山夢明には本当に救われるのである。絶望的な事態でも、そんなのよくあること、と笑い飛ばしてもらえると、なんとなくそんな気がしてくるものだ。ああ、そうか、そうだよな、と感謝しながら背中を叩いてくれた人のほうを振り返ると、鼻毛が五センチぐらい飛び出していて、しかもピンクのリボンが結んであったりするから困ってしまうのだけど。

いや、鼻毛ではなくて『あむんぜん』の話だ。

六作を収録した短篇集である。巻末にまとめて記載されているが、初出はすべて集英社のWEB文芸「レンザブロー」だ。自信を持って言えるが、本書に収録されたものと似た作品を他で読んだことがあるという人はまずいないはずである。それくらい内容は独創性に満ちている。たとえば「GangBang The Chimpanzee」。舶来もののポルノグラフィーに詳しい方には説明不要だと思うが、Gangbangとは輪姦《りんかん》を示すスラングである。この小説は、主人公の神羽狆一が雄のチンパンジー、オオダマに強姦される場面から始まる。動物園に営業に来て、獣の檻《おり》に迷い込んでしまったのだ。狆一は強姦、しかも獣姦の犠牲者なのだが、物語が進むにつれて話はおかしくなっていく。動物園を得意先にせんと企《たくら》む狆一の会社がいわゆる忖度《そんたく》をして、事件をなかったことにして丸く収めようとするためだ。オオダマに犯されている場面の映像がなぜか流出して、被害者であるはずの狆一への風向きも変ってくる。警察も「あんたもそれなりに楽しんだんだから、それほど被害者ヅラすることもなかろう」と彼の申し立てを受け流すようになる。

本作は強姦事件の二次被害を諷刺《ふうし》した物語と見ることができる。被害者が女性から男性に、加害者が文字通りのけだものに置き換えられているのである。オオダマに犯された狆一は、魂が抹殺されるような痛みと苦しみを味わう。強姦被害とはそうしたものだろう。

「千々石ミゲルと殺し屋バイブ」「あんにゅい野郎のおぬるい壁」も同様の諷刺性を帯びた短篇だ。前者は闇の業者に借りた金が雪だるま式に膨らんだため、性産業に売られるチチヨの物語である。性産業といっても当たり前のものではなく、要求されるのは人《じん》糞《ぷん》を食うことだ。それを撮影した映像をマニア向けに売るのである。後者の主人公はヤクザ組織の下っ端で、とある任務を言いつけられる。覚醒剤服用者の尿には薬の成分が排出される。その尿を集めて煮詰め、結晶化した覚醒剤成分を取り出すのがお勤めの内容である。

奇矯な出来事が描かれるが、要するにこれは最下層に落ち込んだ者を待つ地獄を主題とする小説だ。平山作品における暴力は、基本的に強い者、富める者が弱い者、貧しい者を嬲《なぶ》る手段として描かれる。この序列は絶対的なもので、ほとんど逆転は起きない。平山は徹底した現実主義者なのである。「千々石ミゲル」でチチヨに食糞させようとするイノセは非常に偽善的な態度の男だ。「いま君は岐路に立ってる。今まで以上に駄目な人生を歩むか、それとも此処《ここ》で生まれ変わるかだ」とおためごかしに言うが、要するに糞《くそ》を食えと言いたいのである。チチヨはそれに抗《あらが》えず、「なるようにしかならない」「川に落ちた葉っぱが自分で岸に上がれないのと同じこと」と考える。弱い者を縛る諦念だ。

そのチチヨが「〈明日も良い日にしてください〉という誰に云《い》っているのかわからないお祈り」をして眠る場面は不思議な詩情に満ちている。弱者にとって唯一残された安らぎは眠りであろう。眠りと祈りを穏やかな視線で平山は見守る。激しい暴力と並行して、誰の中にでもあるはずの平和への願いが描かれるのも平山作品の特徴で、その落差に読者は胸を摑《つか》まれるのである。「あんにゅい野郎」では主人公が、父親から虐待を受けているヒロシというこどもと交流する場面が描かれる。ヒロシは「まぼろし灯台」について話す。夜中に目をつぶっていると見えることがある神様の灯台の明かりなのだという。少年はそれに「おとうさんが、もうぼくを撲《ぶ》たないように」と祈っているのだ。

切実な祈りも虚《むな》しく、弱者は再び暴力に蹂躙《じゅうりん》されてしまう。だが、そこで不思議な逆転が起きる。「千々石ミゲルと殺し屋バイブ」「あんにゅい野郎のおぬるい壁」といった不思議な題名の意味は、この逆転劇を経て初めて理解可能になる。最下層の泥の中をどこまでも沈んでいったものが、いつの間にか天空高く浮かび上がっていたのである。この不思議、現実を超えた嘘《うそ》のような出来事が小説に光輝を与えている。嘘のような出来事というか、小説だから虚構なのだが。平山はご都合主義的に奇跡を起こそうとはせず、あくまで世知辛い現実をなぞった形で物語に落とし前をつけようとする。落とし前、というのがいちばん適切な表現だろう。現実は変えられない、だからこの物語でどうか。

平山の武器はあるものをそのまま受け止める視力の良さであると思う。現実で起きた暗い出来事を平山はデフォルメして物語化するが、やろうと思えばそっくりな似姿として描くこともできる。「あんにゅい野郎のおぬるい壁」は不思議な小説で、主人公は〈あなた〉と呼称される。誰かわからない語り手による二人称小説なのだ。語り手は〈あなた〉の動向を逐一観察し、臨場感溢《あふ》れる表現でその動きを描写していく。神の視点がもし本当にあるとしたら、こういうものであるだろう。そうして与えられた質感、そのものが眼前にあるとしか思えない手触りが物語の土台を作っている。「GangBang」

で主人公が感じる痛みが、生々しい凌辱《りようじよく》の描写によって生み出されたことを思い起こされたい。

そうした現実への接点と同時に提示されるのが、この世の外にいる者が書いたとしか思えない、突き抜けた笑いの文章である。たとえば「千々石ミゲル」でチチヨに借金を返すための苦行を命じるチツローの台詞《せりふ》。

「おまえなんか水の谷に行けるわけねえだろ。風の谷でウマシカするしかねえだろ」

あえて踏み込んでの説明はしないが、脳のどこをどう押すとこういう台詞が書けるのか。

こういうとんでもないギャグが各篇に含まれている。いや、含まれているというよりも、隙があれば作者はそういうギャグでふざけようとしていると言ったほうがいい。そうでなければ深刻な物語のはずの「GangBang」でけだものから狆一が救出される場面で「元気ですかあ！」と「顎のしゃくれた顔のデカイ男」が飛び込んでくる、なんてことは書けるはずがない。なんでアントニオ猪木なのか。

収録作のうち最後の二篇は、この悪ふざけだけで書かれた小説である。「報恩捜査官夕鶴」は「鶴の恩返し」をなぞった話で、なぜか深作欣二《ふかさくきんじ》監督『仁義なき戦い』よろしく、登場人物の多くが広島弁を話し、警視総監は山守という故・金子信雄を思わせる男である。平山はこの映画がよほど好きらしく〈『仁義なき戦い』幻想小説〉と言うべき

「幻画の女」という作品も書いている（二〇二一年刊『八月のくず』所収。光文社）。「ヲタポリス」は題名だけではわかりにくいが、地下アイドルに入れ込むあまり家族をも犠牲にするろくでなし中年男の物語だ。これを書くにあたって平山は周到な調査をしたと思《おぼ》しく、取材協力者として作家・柴田勝家氏への謝辞が捧《ささ》げられている。柴田氏は地下アイドルに詳しいのか。この短篇で最悪で最高のギャグは「ボボイボクロマティZ」だ。あえて説明は避ける。

この悪ふざけ小説二篇にもやはり、権力で人を蹂躙する者の醜さ、いったん最下層に落ちこんだら這《は》い上がるのは難しい社会の非人間性といった諷刺の要素は盛り込まれている。単なるギャグ小説ではあるが、土台はやはりしっかりしているのだ。このようにすべての作品に、視点の確からしさと思わず殴りたくなるような悪質な笑いとが同居している。初読時に本書を書評した際、私はこう書いた。「とんでもなく尊いものと果てしなくくだらないものが列を作ってジェンカを踊っている」と。我ながら言い得て妙だと思う。聖と俗、貴と賤が対比される作品は珍しくないが、ここでは聖と愚がセット販売されているのだ。

表題作に触れずにここまできたが、少年の日々を回顧する物語を得意とするスティーヴン・キングが、ダニエル・キイス『アルジャーノンに花束を』を悪い薬をやりながら読んで影響を受けた後で書いたような作品だ。「あむんぜん」という題名は、作中登場人物の家が「アムンゼン靴店」を経営している、というところからつけられたものだが、おそらく新宿「ワシントン靴店」からの連想で、深い意味はまったくないはずだ。やはり弱者を嬲る暴力と、愚かな者が愚かなりにそれに対処して生きていくさまが描かれるが、作中にとても好きな一文がある。「おふくろが赤ん坊の頭ぐらいあるハンバーグを作ってくれた」というのがそれで、ここだけ抜き出すと何がなんだかわからないと思うが、前後の文脈を踏まえながら読むと涙腺を崩壊させる破壊力のある文章と化すのだ。こういうことを、死ぬほどくだらないギャグと並行してやってくるから平山夢明は困るのである。困るよ。

単行本は、奥付を見ると二〇一九年七月十日第一刷発行とある。もともと平山は優れた短篇作家であり、二〇〇五年に発表した「独白するユニバーサル横メルカトル」で第五十九回日本推理作家協会賞短編部門を授与されている（二〇〇六年に同題短篇集に収録。現・光文社文庫）。ジャンルに拘《こだわ》らない、というかその作品は「平山夢明の小説」としか呼びようがないが、二〇〇〇年代の平山はホラー作家と呼んで差し支えない存在であったと思う。それが大きく変わったのは二〇一一年に出した『或《あ》るろくでなしの死』（現・角川文庫）あたりからで、以降の平山はどんな枠に入れても収まりが悪い感じになった。おそらくこのへんのどこかで開き直ったのだ。

平山作品を一口で言うと、身も蓋もない小説、である。誰もが意識はしているがあえて言語化はしないこと、言葉にするのを躊躇《ためら》うようなことを平山はあっさり書く。いつかは必ず死ぬ。人間も誰かに食われれば糞になる。これらは真実だが、あえて口にする人は少ないだろう。平山は言う。そこに悪意はなく、当たり前のことだから言うのだ。だから作品の多くはあっさりと物事の深奥を衝《つ》いてしまう。初期長篇の『メルキオールの惨劇』（二〇〇〇年。現・ハルキ文庫）はまさしくそういった身も蓋もない小説だった。第二十八回日本冒険小説協会大賞と第十三回大藪春彦賞を同時受賞した『ダイナー』（二〇〇九年。現・ポプラ社文庫）が現時点では長篇における代表作ということになっているが、読者にきちんと配慮をした、平山としてはお行儀のいい作品である。やろうと思えばエンタメぐらい書けるんだぜ、ということだろう。

『或るろくでなしの死』に続く『暗くて静かでロックな娘』（二〇一二年。現・集英社文庫）あたりから、短篇作家としての平山は完全に吹っ切れて、あらゆることへの遠慮を捨てたように見える。そのあとに続く短篇集『デブを捨てに』（二〇一五年。現・文春文庫）、『ヤギより上、猿より下』（二〇一六年。現・文春文庫）、そして本書の三作は、単行本の装丁がカバーなしの簡易なもので統一されている。いわゆるペイパーバック調を意識したものか。アメリカのジム・トンプスンは生涯ペイパーバック作家で通した。ハードカバーでは本を出してもらえなかったのだが、人間が妄執に囚《とら》われた哀れな存在だということを繰り返し作品の中で書き、信奉者から〈安物雑貨店《ダイムストア》のドストエフスキー〉なる称号を奉られた。それに倣って平山にも〈ペイパーバック版のチェーホフ〉なる二つ名を贈りたい。要らないか、そうか。

〈コンビニエンスストアの太宰治〉でもいいのだが、最も卑近で日常に近いところで平山作品は待っていて、肩を落として歩いている者に声をかけてくる。そうかい。大変かい。世の中は確かにひどいものだけど、どこまで行っても変らない、誰だってろくでもない人生を送ってるんだぜ。そんな風に言ってにやりと笑ってみせるのである。鼻毛が五センチ出たままで。馬鹿野郎、とこっちも笑って答えるしかないではないか。

最後に平山夢明に会ったときのことを書く。最後にって、それほどの回数は会ったことがあるわけではないが。神保町を歩いていたら、かつてはビニ本販売で名を馳《は》せ、現在もＤＶＤなどのアダルト商品を多く手掛ける某書店の前でばったり出会った。おお、今から編集者に原稿を持って行かないと駄目なんだよ、それじゃ、また。そう言って慌ただしく平山は集英社のほうへ走っていった。なんでメール送信しないんだよ。よりによって久しぶりに会うのがなぜ昔のビニ本屋の前なんだ。そう思いながら私は平山の背中を見送った。


（すぎえ・まつこい　書評家）

初 出

集英社WEB文芸「レンザブロー」
GangBang The Chimpanzee―― 2013年3月29日
あむんぜん――2013年9月13日
千々石ミゲルと殺し屋バイブ――2014年2月7日
あんにゅい野郎のおぬるい壁――2014年5月16日
報恩捜査官夕鶴――2017年12月15日
ヲタポリス――2018年4月27日
(「ヲタポリス しごとは推しごと」を改題)

This work is fiction.

本書はフィクションであり、実在する団体、個人とは一切関係ありません。

本書は、2019年7月、集英社より刊行されました。

平山夢明の本

# 他人事《ひとごと》

交通事故に遭った男女を襲う〝無関心〟という恐怖。引きこもりの果てに家庭内暴力に走った息子の殺害を企てる夫婦の絶望。孤独に暮らす女性にふりかかる理不尽な災禍。定年を迎えたその日、同僚たちに手のひら返しの仕打ちを受ける男のおののき――他、理解不能な他人たちに囲まれているという日常的不安が生み出す悪夢を描く十四編。

集英社文庫

あむんぜん

2022年7月25日　第1刷　　定価はカバーに表示してあります。

著　者　平山夢明《ひらやまゆめあき》
発行者　徳永　真
発行所　株式会社 集英社
東京都千代田区一ツ橋2-5-10　〒101-8050
電話　【編集部】03-3230-6095
【読者係】03-3230-6080
【販売部】03-3230-6393（書店専用）
印　刷　大日本印刷株式会社
製　本　大日本印刷株式会社

フォーマットデザイン　アリヤマデザインストア　　マークデザイン　居山浩二


ISBN978-4-08-744408-7 C0193